由同求異

Choose the Right Synonym

曾鈺成　著

商務印書館

本書所有文章獲信報財經新聞有限公司惠允轉載。

由同求異 *Choose the Right Synonym*

作　　者：曾鈺成

封面攝影：鍾燦光

責任編輯：黃家麗

封面設計：趙穎珊

出　　版：商務印書館 (香港) 有限公司

　　　　　香港筲箕灣耀興道 3 號東滙廣場 8 樓

　　　　　http://www.commercialpress.com.hk

發　　行：香港聯合書刊物流有限公司

　　　　　香港新界大埔汀麗路 36 號中華商務印刷大廈 3 字樓

印　　刷：美雅印刷製本有限公司

　　　　　九龍觀塘榮業街 6 號海濱工業大廈 4 樓 A 室

版　　次：2019 年 7 月第 1 版第 1 次印刷

　　　　　© 2019 商務印書館 (香港) 有限公司

　　　　　ISBN 978 962 07 5833 1

　　　　　Printed in Hong Kong

Preface 序

英文有一種工具書叫 thesaurus，即同義詞詞典，裏面在每一個詞之下列出各個意義相同或相近的詞。例如在 smart 之下會列出 astute、brainy、bright、brilliant、canny、clever、crafty、intelligent、resourceful、sharp、shrewd、wise 等等；這十多個詞的解法都和 smart 接近，它們都可以叫做 smart 的同義詞，英文叫 synonyms。

各種語文都會有同義詞。例如"聰明"的同義詞有：聰穎、聰敏、精明、明慧、明智、機智、伶俐等等。但英文的同義詞似乎特別多，而且英文的同義詞詞典，即 thesaurus，作為輔助寫作的工具，特別有用。

讀者或會看到，中文的同義詞，會包含相同的單字，例如上面"聰明"的同義詞，多含有"聰"、"明"、"智"等字；英文的同義詞，拼法看起來卻並不相似，當中可能完全找不到共同的組成部份。

這是因為現代英語的常用詞，有多個不同的來源。兩個意義相同或者十分接近的英語常用詞，一個可能來自古英語，另一個則是在文藝復興之後從拉丁語、古希臘語或者其他歐洲語言"借"來的；而古英語本身也是由多種方言組成，並且受到入侵外族的語言文化所影響。這是為甚麼英文裏拼法毫不相近的同義詞特別多。

例如來自古英語的形容詞 friendly，即"友好的"，有來自拉丁語的同義詞 amicable 和 convivial；解作"敵意"的 enmity，有來自拉丁語和古希臘語的同義詞 hostility 和 antipathy。以下每組兩個同義詞，都是一個來自古英語，另一個來自拉丁語或古希臘語；可以看到，兩詞有完全不同的構成：plentiful 和 abundant（豐富的），farming 和 agriculture（農業），crowd 和 multitude（羣眾），thanks 和 gratitude

i

（感謝），near 和 proximate（接近的），rule 和 regulation（規則），bleeding 和 hemorrhage（美式拼寫形式）（出血）。

同義詞雖說"同義"，但各個字之間總會有點差異：很少會有兩個字的意思和用法是完全一樣的。有時，兩個或多個字的解法可能十分接近，但在特定的情況下只有其中一個適用，或者用起來各有不同的效果。例如 fat、plump、rotund、stout 和 obese 都有"肥胖"的意思；但是，假如你面前有一個身軀肥胖的人，你選用哪一個字來形容他（她），對方會有十分不同的感受。

我們認識同義詞，應該留意它們之間的（可能是十分微妙的）差別，務求在不同的場合、按不同的需要，能夠選用最恰當的字。這就是"由同求異"的意義。

Contents 目錄

01 即便啟齒

哪一個英文名詞有最多同義詞？英文“洗手間”的不同叫法之多，應是數一數二。

正常人每天都要“去洗手間”多次，去做的事當然不會只是洗手。不過人們似乎都認為，去洗手間的真正目是不宜宣之於口的。連“上廁所”這般文雅的說法，因為太直接、太明白了，出口也嫌尷尬，唯有說“去洗手間”。

英國人（至少是有教養的英國人）特別講究語言藝術，對不能直呼其名的解決生理需要的場所，自有多種優雅含蓄的叫法。最常用的名稱大概是 toilet。這個字本來也是個“委婉詞”：它的原義是鋪在梳粧桌上面的一塊布，用來墊放在桌面的化粧品，於是引伸為解作梳洗化粧。這個解法現在仍然有用：She is busy at her **toilet** 不是說她在廁所裏忙些甚麼，是指她在化粧。後來，toilet 被用來指有馬桶的化粧間，再用來指馬桶、廁所。

字面含義只是供人休息和洗滌的 restroom、bathroom 和 washroom，現在都是廁所的常用名稱了。另一常用叫法 WC，是 water closet 的簡稱，字面的意思也只是有水的小房間。同樣，來自拉丁文 lavatorium 的常用詞 lavatory，原本是指洗滌的場所。

女洗手間又可以叫做 powder room，美其名謂供女士抹粉補粧的房間。當一位女士說：I'm going to **powder my nose**，請不要誤會她只是想補補粧。再含蓄一點的說法，有 ladies' room 或 women's room；gentlemen's room 或 men's room。

美國人又喜歡把廁所親切地叫做 the loo、the can、the john。他們又給公廁一個很斯文的名稱，叫 comfort station。

古時，在未有抽水馬桶之前，人們常把廁間建在屋外，叫做 outhouse。又叫做 privy 或 latrine；前者表示私隱，後者可能跟 lavatory 來源相同。半夜要如廁，不想老遠跑到屋外的 outhouse，便要靠夜壺 chamber pot 解決問題。

　　中世紀的堡壘裏面的廁所，通常是在一個小房間裏挖個洞，穢物給引到護城河裏。這種廁所叫做 garderobe。

02 取消資格

　　六名立法會議員先後被法庭裁定喪失議員資格。英國 BBC 報導了有關新聞，標題為：Hong Kong pro-independence lawmakers disqualified from office（2016 年 11 月 15 日）以及 Hong Kong court disqualifies pro-democracy lawmakers（2017 年 7 月 14 日）。

　　兩條標題都用了動詞 disqualify。這個字是在 qualify 前面加上 dis-，表示相反或否定。動詞 qualify 可以是 "及物"（transitive），解作使某人具備資格，例如：

The test **will qualify** you to drive. 或 The test **will qualify** you for driving.

　　也可以是 "不及物"（intransitive），解作取得資格，例如：

1.　You have to take a test to **qualify**. 你要參加測驗才可獲取資格。

　　但是，disqualify 只用作及物動詞，正如在上面的兩條標題裏，指取消某人的資格。

　　過去分詞（past participle）disqualified 可用作形容詞，即被取消了資格的；如果根本沒資格的，則叫 unqualified：一個司機因犯了法被吊銷駕駛執照，叫做 a disqualified driver；沒有駕駛執照 "揸大膽車" 的司機，是 an unqualified driver。

　　形容詞 disqualified 是動詞 disqualify 的過去分詞；形容詞 unqualified 雖然也是過去分詞的形式，但是並沒有 "unqualify" 這個動詞。如果說某人有資格教書，可說：

2.　He **qualifies** to teach. 或 He **is qualified** to teach. 他有資格教書。

　　可是說他沒資格教書，卻不能說："He unqualifies to teach."（錯）

要說：

He **does not qualify** to teach.

但也可以說：

He **is unqualified** to teach.

　　"取消資格"，通常是針對履行某項職務、從事某種工作或者參加某個活動的資格而言；另一方面，如果說某人 "沒資格"，可以是較籠統地指他不適宜做某事，不一定涉及專門的資格。例如：

3. I **am unqualified** to comment on this subject. 我不適合對此事發表意見。

即是說我沒資格、沒能力或者不適合對此事發表意見。句中的 unqualified，換作 unfit、unprepared、incompetent 或者 inadequate 等，意思都差不多。當然，如果要說欠缺的是專門的資格，還是要用 unqualified：an unqualified doctor 是個無牌醫生；an unfit doctor 或者 an incompetent doctor 則可能是有牌的，只是醫術不精，醫不好病人。

比較之下，disqualified 便難有同義詞可以替代。翻查 thesaurus，在 disqualified 一詞之下列出的 synonyms，主要都是和 unqualified 意義相同或相近的字，它們都不能解作"被取消資格"。

最後，unqualified 還有另一個解釋，跟資格或水準無關。例如一件事取得完全成功，可叫 an unqualified success；完全同意，可叫 unqualified approval；全力支持，可叫 unqualified support。

03 毫無保留

動詞 qualify 除了解作給予（某人）資格或者取得資格之外，還可以解作調整、修改、修飾。對某人的讚譽或批評，如果不想把話說得太盡，加以修飾，就叫做 qualify，例如：

1. I **qualified** my congratulations for his success with a cautionary note. 我恭賀他成功的同時，也給他忠告。

2. I **qualified** my criticism to avoid offending him. 我修改評論，避免冒犯他。

公眾人物發表言論，事後或會自覺失言，要修正先前的說法，又不願承認說錯話；qualify 就是一個委婉的說法：

3. I'd like to **qualify** my earlier statement. 我修改之前的聲明。

過去分詞 qualified，用作形容詞，即修飾了的、加了條件或限制的、有保留的、非絕對的、不完全的。例如，把某事形容為 a qualified success，即是說那只是部份成功，並非完全成功；qualified approval 是有條件的同意；a qualified acceptance of an offer，是部份地或有條件地接受一項建議。

A qualified compliment 是帶有條件的恭維說話，例如：

4. You look very nice *today*. 你今天真美。

5. You are in good shape *for your age*. 以你的年紀，身體很棒。

從以上兩個例子可見，a qualified compliment 可能會得罪人的，除非你有意挖苦對方，否則不宜使用！

在 qualified 前面加上 un-，得到相反詞 unqualified，即沒保留的、完全的、徹底的、絕對的。例如一件事取得完全成功，可叫 an unqualified success；完全同意，可叫 unqualified approval；全力支持，可叫 unqualified support。

要表示完全的、徹底的、絕對的，有很多同義詞可供選擇，包括 absolute、complete、perfect、outright、sheer、thorough、utter 等等。譬如說 an absolute success、a complete success 或者 a perfect success，語氣會比 an unqualified success 更強烈。

對於有些東西，要表示"絕對"時，用其他形容詞會比 unqualified 更精確，例如人們會說 unreserved support、unconditional love、unquestionable loyalty。要說"那絕對是一場災難"，一般會用 unmitigated，雖然 unqualified 也可以：

6. It was an **unmitigated** (*or* **unqualified**) disaster.

上文說過，qualified (unqualified) 有另一個完全不同的解法，即合資格（不合格）。大多數情況下，qualified（或 unqualified）出現時，前文後理會清楚顯示它用作哪一個解釋，不會弄錯。例如本文以上所有舉例裏的 qualified，指的都不是合資格。但也不能排除意義有可能混淆的情況，例如 an unqualified disaster 是指絕對的災難；但 a qualified disaster 如果出現在法律文件裏，可以是指"合格的災難"，即法律規定（可獲得賠償）的災難。

04 人人有份

最常用來表示"人"的英文名詞是 people，例如：

1. Several thousand **people** lived in the village. 幾個人住在村內。

2. I can hear two **people** talking inside the room. 我聽到兩個人在房間裏談話。

如果要說"一個人"，不能用 people，要用 person：

3. (a) They are very nice **people**. 他們是好人。

   但 (b) She is a very nice **person**. 她是好人。

4. (a) There are many **people** in the hall. 很多人在大堂內。

   但 (b) There is only one **person** in the hall. 只有一個人在大堂內。

就是說，people 是 person 的複數。

Person 的複數也可作 persons，但 people 和 persons 有不同的用法。在大多數情況下，正如上面的例 1、2、3(a) 和 4(a)，都應該用 people；persons 一般只會用於法律條文或其他正式的文件裏，例如：

5. This vehicle is licensed to carry 20 **persons**. 按牌照規定，這輛車只可運載 20 人。

6. This document should not be disclosed to any unauthorised **persons.** 不該向任何沒獲授權的人披露此文件。

解作"個人"的 individual，和"集體"(group) 相對。這個字有時也可以用來取代 person，例如上面的 3(b) 也可以說：

7. She is a very nice **individual**.

如果說"有（一個）人"、"無人"或者"人人"、"所有人"，寧可用 somebody、nobody 或 everybody（或 someone、no one 或 everyone）而不用 a person、no person、every person 或 all people（除非"無人"或"人人"是對全人類而言，見以下例 11、12）。例如：

8. There is **someone** (不說 **a person**) in the room. 有人在房間裏。

9. **Everybody** (不說 **Every person** 或 **All people**) left the room. 所有人都離開房間。

People 也可以泛指 "人們"，例如：

10. **People** who stand for nothing will fall for anything. 沒有立場的人會迷上任何事物。

這一句也可用單數的 person 做主語：

10a. A **person** who stands for nothing will fall for anything.

用 man 代替 person 亦可，意思都是一樣：

10b. A **man** who stands for nothing will fall for anything.

這裏的 **man**，和 person 同義，指 "人"，不分性別。當人們說：

11. All **men** are created equal. 所有人生而平等。

或者

12. No **man** can live as an island. 沒有人能像孤島一樣生活。

句子裏的 man (men) 是指任何人，不單指男人。Man (men) 的這個用法，以前十分常見；不少我們熟悉的諺語，裏面有 man 這字，都表示 "人" 而不是 "男人"。例如：One **man**'s meat is another **man**'s poison. / A smart **man** only believes half of what he hears; a wise **man** knows which half.

不過，今天很多對性別歧視十分敏感的人，都會反對用 man 這個字來代表包括了兩個性別的人。以前叫的 chairman、salesman、spokesman，現在都要改叫 chairperson、salesperson、spokesperson。"一人一票" 以前說 One **man** one vote，現在要說 One **person** one vote。

05 愚不可及

　　美國全國廣播公司 (NBC) 報道，國務卿蒂勒森 (Rex Tillerson) 曾有意辭職，並在其他官員面前把總統特朗普叫做 "moron"。蒂勒森向傳媒否認辭職，但對他說特朗普是 "moron" 的傳聞，則沒有回應。

　　事後，電視諷刺節目主持人 Jimmy Kimmel 在節目中模仿蒂勒森開記者會，澄清他沒有把特朗普叫做 "idiot, bonehead, nincompoop, imbecile, empty jack-o-lantern, suntanned ham-loaf, so stupid he got his hair cut in a cotton candy machine and called it a hairstyle, racist sweet potato,..."，包括了一大串罵人愚蠢的字。

　　現在用來罵人 "蠢貨"、"笨蛋" 的 moron、imbecile 和 idiot，本來都是有嚴謹定義的科學名詞：提倡 IQ 測驗的心理學家認為，IQ 在 70 或以下的人，智力屬低於 "正常"。51 至 70 的叫 moron；26 至 50 叫 imbecile；最嚴重的，25 或以下，叫 idiot。這些心理學家用來表示不同程度弱智人士的名稱，本來沒有侮辱的含意。可是，這些名稱成為流行用語之後，便和中文的 "白癡" 一樣，變成 "蠢貨"、"笨蛋" 等侮辱性詞語的同義詞，現在只會用來罵人，不能再用來稱呼弱智人士。

　　和上面的 moron 等字不一樣，bonehead 和 nincompoop 從不是科學名詞，一直都是罵人愚笨、沒有頭腦的用語。至於 jack-o-lantern，是萬聖節 (Halloween) 用的南瓜燈（名稱來自關於一個叫 Stingy Jack 的人的愛爾蘭民間傳說），人頭的樣子，裏面空空，沒有腦袋。

　　Kimmel 又用了兩種食物的名稱來指蠢人：ham-loaf 和 sweet potato。前者是美國 Pennsylvania 人愛吃的火腿肉團（加上 suntanned 表示它的顏色）；後者是番薯（加上 racist 指特朗普種族歧視）。用這兩種食物比喻特朗普，令人發笑，雖然它們不是 "蠢人" 的常用同義詞，不像前面那幾個字。

　　金正恩較早時罵特朗普是 dotard，這個字解作 "體力衰退、腦筋遲鈍的老頭"，在現代英語並不常用。（據《紐約時報》統計，這字自

1980 年以來在該報只出現過 10 次；有人說北韓的翻譯員大概是用了過時的字典。）但經金正恩一用，這字馬上流行起來了；有網民還把它拆成 do-tard：*Do*nald (Trump) re*tard*。

06 說三道四

　　文章裏要引述某人的話，最簡單的是用"說"。但當引述的話多了，為避免"說"字重複出現多次，有時便用"表示"、"認為"或者"強調"、"聲稱"等詞來代替。同樣，英文的 say，也可以用別的同義詞來代替，以避免太多重複使用。

　　很多說話是表達觀感或意見的，例如：

1.　　"It's unusually hot this year," he **said**. 他說："今年天氣熱得反常。"

2.　　"They should reduce the maximum working hours of bus drivers," **said** the union leader. 工會領袖說："巴士司機的最高工時要減少。"

3.　　The report **said** that we were losing our competitiveness. 報告書說，我們正失去競爭力。

　　這幾個句子裏的 said，可以用 remarked、observed、commented、opined 或 pointed out 取代；這些動詞，都用來指表達意見、發表評論或者指出事實，它們之間的分別不大。

　　有些動詞，用來代替 say，可以加上特別的色彩或含意，例如：

4.　　"It's unusually hot this year," he **complained**. 他抱怨說："今年天氣熱得反常。"

5.　　"They should reduce the maximum working hours of bus drivers," **stressed** the union leader. 工會領袖強烈表示："巴士司機的最高工時要減少。"

6.　　The report **concluded** that we were losing our competitiveness. （在作了分析之後，）報告書總結說，我們正失去競爭力。

　　用這幾個動詞代替了 say，給說法添了點色彩。

　　要表示說話的人用了十分肯定的語氣，可以用 assert，例如：

7.　　The government **asserts** that the cuts in spending will not affect the quality of public services. 政府肯定表示，減少開支不會影響公共服務的質素。

8.　　"The government is making a bad mistake," he **asserted**. 他肯

定地說：“政府犯了嚴重錯誤。”

　　如果把上面兩句中的 assert 換做 claim，就是“聲稱”，通常帶有所說的話“未經證實”的含意。

　　在辯論中提出某種主張，又可以用 contend 或 argue，例如：

9. He **contended**（或**argued**）that abolishing the test would do more harm than good. 他反駁說取消測驗弊多於利。

10. "The government is making a bad mistake," he **contended**. 他提出：“政府犯了嚴重錯誤。”

　　試看以下對話：

"We need more land to build houses," **said** Alan. 亞倫說：“我們需要更多土地興建房屋。”

"There is plenty of undeveloped land in the New Territories," **said** Betty. 比蒂說：“新界有大量未發展的土地。”

"Do you mean the brownfield sites?" **said** Alan. "Most of them are occupied by recycling plants, open storage facilities or other businesses." 亞倫說：“你指已發展用地嗎？”“許多已供循環再用工廠、露天儲物設施及其他企業使用。”

"Those businesses can either be relocated or terminated with compensation," **said** Betty. 比蒂說：“可以賠償給那些企業，讓它們搬遷或結業。”

"That's easier said than done," **said** Alan. 亞倫說：“知易行難。”

"It can be done if only the government has the will," **said** Betty. 比蒂說：“只要政府下定決心，一定能夠做到。”

　　這裏 **said** 用了六次，讀起來很重複。這六個 **said**，依次可換作 remarked、observed、asked、suggested、replied 和 contended；把一部份換了，效果會更好。另一個做法，是當說話的人已十分清楚、不用指出時，把 said Alan、said Betty 等字全部略去。

07 犬吠狼嗥

獅吼虎嘯，狼嗥犬吠，鶴唳雞啼：鳥獸發聲，各有不同的叫法。英文也有不同的動詞用來表示各種動物的發聲，如 dogs bark、lions roar、tigers growl、wolves howl、sheep bleat、cats purr、birds twitter、roosters crow、ravens caw、pigeons coo，等等。而這些動詞，都可以借來用於人，表示人的種種發聲方式。

指狗吠的 bark，可用來表示粗聲呼喝，特別指發出命令或質問，例如：

1. He often **barks** at his wife in front of strangers. 他常在陌生人面前呼喝他太太。

2. The new boss marched through the office **barking** out orders. 新老闆衝進辦公室發施號令。

表示猛獸吼叫的 roar、growl 和 howl，用於人類，可表達不同的叫聲。首先 roar 是發出雄壯的叫喊，原因可能是高興、讚賞，也可能是憤怒、不滿，例如：

3. The crowd **roared** its approval each time he asked for a response. 他每次要求回應，羣眾都叫喊表示同意。

4. She **roared** at me although I was only a few minutes late. 就算我只是遲到幾分鐘，她也向我大叫表示不滿。

至於 growl，是指猛獸發怒時從喉嚨底發出的低沉的吼聲。當一個人 growl 時，他是帶有怒氣或敵意的，例如：

5. "What are you doing here?" he **growled** at the stranger. 他問那個陌生人："你在這裏做甚麼？"

還有 howl，是遇到痛苦、恐慌或者憤怒時發出延長的、高聲的呼叫。例如：

6. He broke his arm and **howled** in pain. 他弄斷了手臂，痛苦大叫。

贊同的呼叫用 roar（上面例 3），反對的呼叫可用 howl，例如：

7. The crowd **howled** its disapproval. 羣眾高聲呼叫表示反對。

8. The candidate **was howled** down by the angry audience. 那候選

人因觀眾高聲呼喊而無法繼續。

例 8 裏的 howl down 是指觀眾高聲呼喊，掩蓋了講者的聲音，令講者沒法繼續。

從猛獸轉到馴良的動物。羊叫是 bleat；如果一個人用怯懦、冤屈的語氣說話，可以叫 bleat：

9. "I didn't do it," he **bleated** feebly. 他冤屈地說："不是我做的。"

貓兒覺得飢餓、害怕或不舒服時，牠會 meow；開心、舒服或要逗人歡喜時便 purr。人帶着這兩種不同的情緒說話，可以分別用這兩個字來表示。雞啼叫 crow。雞啼時昂頭挺胸，一副自鳴得意的神態，所以 crow 可用來表示自誇，例如：

10. We are tired of listening to him **crowing** about his success. 我們已厭倦聽他誇耀自己的成功。

烏鴉刺耳的噪聲是 caw，鴿子溫柔的輕呼是 coo。向人"低訴衷腸"，可以用 coo 這個字表示。

鳥兒短促、頻密的鳴聲，叫 chirp 或 twitter。前者可指輕鬆愉快地談話，後者可指人們像鳥噪那樣吱吱喳喳地說閒話。美國總統特朗普無時無刻都在使用的社交網絡 Twitter，取名的意思就是讓人們不停地說三道四。

08 樂而後笑

我們在"笑"字前面可以加上許多不同的形容詞，表示各種笑法，如大笑、微笑、苦笑、冷笑、獰笑、陰笑、乾笑、傻笑等等。英文可沒有一個通用的解作"笑"的字；每一種不同的"笑"，都有一個不同的叫法。

我們可以把"笑"分為有聲的和無聲的兩類。有聲的笑，最常見的是 laugh；這通常是歡樂、高興，或者見到詼諧惹笑的事而發出的笑。（不過 laugh at somebody 是取笑某人的意思。）

狂笑，忍不住的哈哈大笑，叫 guffaw，例如：

1. The audience **guffawed** at his joke. 他的笑話令聽眾哈哈大笑。

如果只是輕輕的笑幾聲，叫 chuckle，例如：

2. He **chuckled** when he thought of the last meeting. 他想起上次會議，輕輕笑了起來。

《愛麗絲夢遊仙境》的作者 Lewis Carroll 把 chuckle 和 snort（用鼻子哼一聲）兩字合起來，作了 chortle 這個字，解作"開懷大笑"，或者輕率的笑。例如：

3. Everybody began to **chortle** when the boss left the room. 老闆離開房間後，所有人都開懷大笑。

女孩子尷尬地、吃吃地痴笑，叫 giggle。

4. The girls all **giggled** when they heard the teacher's funny accent. 那些女孩聽到老師奇怪的口音時，吃吃地痴笑起來。

例 1 至 4 的各個表示"笑"的動詞，都可以換作 laugh，不過就失去了原來那種笑的特點。

無聲的笑，是表情多於動作，最常見的是 smile，"微笑"。兩個近義詞是 grin 和 beam，都是比較誇張的 smile，可解作"眉開眼笑"或"笑容可掬"，而 beam 更多了一種"滿懷高興"或者"和顏悅色"的味道。例如：

5. The little boy **grinned**（或 **beamed**）with delight when he saw the gift. 小孩見到禮物，開心地笑得合不攏嘴。

6. The officer **beamed** at the reporters. 官員對記者報以燦爛的笑容。

矯揉造作地堆笑臉，叫做 simper，例如：

7. "You are such a darling," she **simpered**. 她矯揉造作地笑："你
真是個寶貝。"

還有一種比較負面的"笑"，是 smirk。一個人 smirk，表示他相信
自己比較別人高明，或者知道一些其他人不知道的東西，因而沾沾自喜
地微笑。

8. I felt uneasy when he **smirked** at the news. 他聽到消息陰陰地
笑，令我不安。

在上面的例句中，解作"笑"的字都用作動詞；其實它們每一個也
可以做名詞的，例如：

9. His chuckle became a **chortle**, then broke into a guffaw. 他輕笑
後，變得開懷大笑，再哈哈大笑起來。

10. He had a **smile** / **grin** / **beam** / **smirk** on his face. 他微笑 / 眉開
眼笑 / 笑容可掬 / 陰笑。

09 不能接受

　　行政長官說，侮辱性、恐嚇性的言論，"不能接受"。議員說，較早前港鐵觀塘線發生的延誤，達到"不能接受"的程度。法官說，做護士的陪審員被要求星期六上班，"不能接受"。

　　"不能接受"表示說話者認為某種現象、事件或行為是不應發生或不能容許的。英文最常見的用詞，是 unacceptable，例如：

1. Such insulting and menacing remarks are **unacceptable**. 侮辱性、恐嚇性的言論是不可接受的。

2. Service delays on the Kwun Tong MTR line reached an **unacceptable** level. 港鐵觀塘綫的服務延誤到了不可接受的程度。

3. The judge found it **unacceptable** that a nurse should be required to work on Saturdays while serving as a juror. 法官認為當陪審員的護士，仍要在星期六工作，是不可接受的。

　　例句中的 unacceptable 可換為近義詞 inadmissible，即"不允許的"、"不能採納的"。兩者有點分別：unacceptable 是說話者對事物的評價，主觀成份較重；inadmissible 是說話者認為事物不符合某些客觀標準。在法庭上，不可採納的證據叫做 inadmissible evidence。

　　另一個近義詞是 intolerable，"不可容忍的"。上面例句中的 unacceptable，如果用 intolerable 代替，除了否定的程度更加強烈之外，還有一個微妙的區別：用 unacceptable 常會隱含說話的人認為所指的事物應該可以改變或改善，而 intolerable 則沒有"應可改善"的含義。例如，當人們覺得天氣熱得不能忍受，會說：

4. The heat is **intolerable**. 酷熱難耐。（如果說 **unacceptable**，即認為天氣應該可以不那麼熱。）

又如當某隊員蠢得厲害，令整個團隊遭殃，可說：

5. The whole team suffered for the **intolerable** stupidity of one member. 一個隊員的愚蠢連累了全隊。（如果說 **unacceptable** stupidity，即認為該人其實是可以不那麼愚蠢的。）

　　有時 **intolerable** 也可換做 **unbearable**，同樣解作"難受的"。上

018

面的例 4 也可作

4a　The heat is **unbearable**. 酷熱讓人難受。

　　兩字的意義和用法並不完全相同，這可從它們相應的動詞 tolerate（容忍）和 bear（承受）的區別領略得到。例如，我們會說承受不了的痛苦、擔子、代價：unbearable pain, an unbearable burden, unbearable costs 等；在這些情況下，用 unbearable 比 intolerable 較合適。

　　解法和用法跟 unbearable 十分相近的還有 unendurable 和 insufferable，都是 "不能忍受" 的意思。在以下各句子中，三個字用任何一個，意思分別不大：

6.　She found the loneliness **unbearable / unendurable / insufferable**. 她覺得孤獨難耐。

7.　She was embarrassed by her brother's **unbearable / unendurable / insufferable** vulgarity. 她因自己兄弟的粗俗而尷尬。

8.　The thought that he may have been betrayed was **unbearable / unendurable / insufferable**. 他不能忍受可能給人出賣的想法。

10 孰不可忍

　　如果要用一個比 unacceptable 或 intolerable 更強烈的字來表達對某事物的否定，可以用 deplorable。這個字可解作"糟透的"、"十分惡劣的"，有可悲和可恥的意思；它可以用來形容狀況惡劣，例如：

1. Many poor families are living in **deplorable** housing conditions. 很多貧窮家庭居住環境惡劣。

2. My finances were in a **deplorable** state of neglect. 我的財政處於糟透了的疏於管理的狀況。

也可以表示價值判斷，例如：

3. Everyone is angry with your **deplorable** behaviour. 你的可恥行為令人人憤怒。

4. Such a **deplorable** act of violence is totally unnecessary. 這令人髮指的暴力行為是毫無必要的。

　　較早前南韓總統文在寅和美國總統特朗普會晤時，批評北韓的挑釁行為。他形容北韓的一個字，翻譯員譯作 deplorable。特朗普聽了，顯得十分興奮，說 deplorable 是他的"幸運字"；這是因為 2016 年美國總統選舉時，他的對手希拉莉曾經用 deplorable 來形容所有特朗普的支持者，得罪了很多人，民望大跌，等於給特朗普送了個大禮。由此可見此字的負面含義。（現在可能有很多人認為希拉莉說對了。）

　　當用來指糟透的、很惡劣的，deplorable 的常用同義詞有 awful、dreadful、wretched 和 miserable 等；這幾個字，都可用來取代例 1 裏的 deplorable，意思都差不多，其中 miserable 多了一重可憐、悲慘的含意；還有，wretched 和 miserable 可以用來形容人，指感到很難受的意思，例如：

5. A bad leader can make his team **wretched** / **miserable**. 壞領袖會令他的團隊很難受。

另外兩個字 awful 和 dreadful 可沒有這個用法，但可以說：

6. A bad leader can make life **awful** / **dreadful** / **wretched** / **miserable** for his team. 壞領袖會令他的團隊很慘。

注意：awful 和 dreadful 分別是 awe（敬畏）和 dread（恐懼）的形容詞，但現在已不會用來表示"可敬畏的"和"可怕的"。

　　當解作可恥的、使人極端反感或憤慨的，deplorable 的近義詞有 outrageous、shocking、disgusting、abominable 和 despicable。上面例 3 和例 4 裏的 deplorable，都可用這幾個字代替，不過意義各有些區別：其中 outrageous 和 shocking 都有駭人聽聞、令人髮指的意思；disgusting 和 abominable 則表示討厭的、使人憎惡的；而 despicable 就是卑鄙可恥的。

11 碩大無朋

形容詞 big，"大"，幾乎可以用來形容任何事物，如 a big house、a big number、a big project。一個身材魁梧的人可以叫做 a big man；但 a big girl 通常不是說女孩個子大，而是指 "大個女"，不是小孩了。

同義詞 large 在大多數情況下和 big 沒有分別，但要注意有個別習慣用法不能互通。例如 a large girl 就是個子大的女孩，不解作 "大個女"；"大部份" 會說 a large part，不用 big。要表示 "重大"，多用 big 而不用 large，如 a big mistake、a big decision；"大日子" 可說 a big day，不能用 large 代替。

如果要形容特別巨大的東西，big 或 large 都嫌不足，可以用 huge：說 a huge house、a huge man、a huge number 等，表示所指的事物不是一般的大；是非常大。如果說 "You are making a huge mistake." 或 "We have a huge problem."，語氣要比 "You are making a big mistake." 或 "We have a big problem." 更加強烈。也是 "非常大" 的 vast，多用來形容範圍、幅員、份量，如 a vast empire、a vast area of forest、a vast cave、a vast amount of information 等等。Shelley 的詩 Ozymandias 故意用 vast 形容古代霸王石像殘餘的巨足，令人有孤寂空虛的感覺：

I met a traveller from an antique land

Who said: Two **vast** and trunkless legs of stone

Stand in the desert …

表示 "碩大無朋" 的常用形容詞還有 colossal 和 enormous，既可形容實物，如 a colossal building、an enormous car，也可形容抽象的東西，如 a colossal mistake、an enormous problem。

巨人叫做 giant，這個字也可用作形容詞，如 a giant crab、a giant rock、a giant multinational corporation（龐大的跨國公司）、a giant step towards modernisation（邁向現代化的巨大的一步）；大熊貓叫 giant panda。

Jumbo 本來也是指身形巨大的人，百多年前倫敦動物園有一隻可愛的大象取名 Jumbo，令這個字流行起來，被用來形容巨大而可愛的東西，特別是商品，"巨型裝"便叫 jumbo size 或者 a jumbo pack。大型客機叫 jumbo jet。

巨大而可怕的動物，叫做 monster；這個字也可用來形容龐然大物，但和 jumbo 相反，形容為 monster 的東西一般是可怕而不是可愛；例如：a monster organisation 是龐大可怕的組織，monster mushrooms 是大得嚇人的蘑菇；除非故作滑稽，否則生產商不會用 monster 來表示自己的產品超大。來自 monster 的形容詞 monstrous，形容大而醜陋或者畸形的東西，可形容實物，如 a monstrous building，大而醜的建築；也可以形容抽象的事物，例如：a monstrous lie，彌天大謊；monstrous injustice，千古奇冤。

12 嬌小玲瓏

　　形容"小"，最常用的是 small 和 little，幾乎甚麼都適用，如 a small house、a small boy、a small problem、a small amount；當中的 small 可換作 little，意思差不多。用 little，可以多了一重有趣可愛的含意；用 small 則只表示細小，沒有感情因素。例如：

1. Don't cry, **little** girl. 小妹妹，不要哭。（如果說 small girl，便少了親暱的感覺。）

2. What a dear **little** puppy! 多可愛的小狗！（不會說 dear small puppy。）

　　一些習慣的用法要注意，如細小的數目叫 a small number，不說 "a little number"。凌晨時分叫 in the small hours，地位低微的人叫 small potato，閒聊叫 small talk；這些說法裏的 small 都不能用 little 代替。

　　此外，small 有比較式 smaller 和 smallest，但 little 解作"小"時沒有比較式；解作"多少"的"少"時才有比較式 less 和 least。

　　比 small 更要小的，可叫 tiny。例如說 a small baby，是"小嬰兒"；a little baby，"（可愛的）小寶寶"；a tiny baby 是"很弱小的嬰兒"，可以表示小於正常的意思。又例如：

3. A **tiny** drop of this poison can kill. 這毒藥很小一滴便可殺人。

　　比 tiny 再小的，可叫 minute（作為形容詞的讀法，第二個音節重讀），例如：

4. The particles are so **minute** that they can only be seen with the aid of a microscope. 那些微粒細小得要用顯微鏡才看到。

　　要表示"小型"，可以說 mini 或 miniature；mini 常會音譯為"迷你"，可以作為名詞的構成部份，如 miniskirt 迷你裙、minibus 小巴、minicomputer 小型電腦；也可以獨立作形容詞，如小型的汽車可叫 mini cars。至於 miniature，是指事物的縮小版本，例如小型的玩具屋或玩具汽車，可叫做 miniature houses、miniature cars；如果說：

5. We have a **miniature** kitchen in our house. 我們的屋裏有個迷你廚房。

就表示家裏的廚房比正常的小得多。

人們對特別巨大的東西會感到害怕；特別小的東西一般不會可怕，有時還會小得可愛。表示嬌小玲瓏或者精緻可愛，可說 dainty 或 delicate，例如"纖纖玉手"可以說 dainty hands 或 delicate hands；小巧精美的茶杯，a dainty（或 delicate）teacup。還有一字 petite，指身材嬌小，特別用來形容女士。

正如本來解作"巨人"的 giant，可用作表示"巨大"的形容詞，同樣，本來指"侏儒"、"矮子"的 dwarf 和 midget，也可用來做形容詞，表示特別矮小的意思。

"小"可以有輕微的、不重要的意思，那可以說 slight 或 minor。例如輕微的錯誤，a slight mistake；輕微的意外，a minor accident。

Nano 原本用來構成量度單位，是"十億分之一"的意思，如 nanosecond 是十億分之一秒；nanometre 是十億分之一米，音譯為"納米"。後來"納米"被用來表示極微小，例如 nanotechnology 叫"納米科技"，nanomedicine 叫"納米醫學"，其實英文名稱中並沒有包含作為長度單位的"米"。香港近年更出現了 "nano flats"，"納米樓"，認真誇張。

13 吝嗇事實

美國總統特朗普被認為是"大話精"。如果你給 Google 輸入 "Trump" 和 "lie"（說謊、謊話），可以找到很多關於特朗普撒謊的報導和評論。

解作謊話的 lie，近義詞有 misrepresentation、misstatement、inaccuracy、mendacity、duplicity、deceit、deception、fabrication 等。其中，misrepresentation、misstatement 和 inaccuracy 都是指一項失實的或虛假的陳述，是可數的，例如：

1. What he said was a gross **misrepresentation** of the real state of things. 他的話是對真實情況的虛假陳述，讓人厭惡。

2. His account of the incident is full of **misstatements**（或 **inaccuracies**）. 他對事件經過的交代，充滿着失實的陳述。

Mendacity 指說謊的行為或習慣，是不可數的，例如：

3. The President's **mendacity** is injurious to the country's national pride. 總統的說謊行為嚴重損害國家自豪感。

Duplicity、deceit 和 deception 都是欺詐，包括說話和行為：

4. We must expose his **duplicity** and not let him get away with it. 我們必須揭露他的欺詐行為，不讓他逍遙法外。

5. No marriage founded on **deceit** (或 deception) can be happy. 虛假的婚姻難以帶來幸福。

6. The marriage was a **deceit** (或 **deception**). 該婚姻是個騙局。

Fabrication 是捏造出來的東西，就是謊話：

7. Her story of the robbery was a complete **fabrication**. 她遇劫的事完全是捏造出來的。

這些音節較多的詞語，讀起來和聽起來都沒有短短的 lie 那麼清脆、響亮、直接；所以罵人說謊，還是多用 lie。例如上面第 1 句若換了以下說法，會更痛快：

1a. What he said was a big **lie**. 他的話是個大謊言。

英國線上報章 Independent（獨立報）曾經發表的一篇文章，第一句就說：President Donald J Trump is a liar。全文多次重複使用 lie 一字，不用其他同義詞代替：在這篇約 1000 字的文章裏，lie（名詞或動詞）和 liar 一共出現了 35 次。

用其他近義詞而避免提及 lie 這個字的，通常是要為說謊的行為掩飾或者辯解。例如，特朗普的總統顧問 Kellyanne Conway 發明了 "alternative fact"（"另類事實"）一詞，為白宮新聞秘書 Sean Spicer 的謊話辯解：Spicer 聲稱特朗普就職典禮的出席人數是 "史上最多"，被指是謊話；Conway 沒有堅持 Spicer 說的是事實，卻為他解釋說，他是給人們提供 "alternative fact"。此說法淪為傳媒笑柄，alternative fact 便成為 lie 的同義詞。

不過，要說文過飾非的語言藝術，還是英國人最擅長。1986 年有一宗很出名的案件 Spycatcher case。一名退休英國特工寫了一本名為 *Spycatcher* 的書，打算在澳洲出版發行。由於書裏揭露了很多英國情報工作的內幕，英國政府要阻止該書出版，官司打到澳洲新南威爾斯的最高法院。

代表英國政府的官員 Robert Armstrong 在法庭上被問，他寫給出版社的一封信是否說了謊："That letter contains a **lie**, does it not?" Armstrong 否認是 lie，只承認信中有 "a misleading impression"（"誤導的印象"）；當被追問 lie 和 misleading impression 有甚麼分別時，Armstrong 說，"A **lie** is a straight untruth"；"(a **misleading impression**) is perhaps being economical with the truth." "節省地說真話"！這說法雖不是 Armstrong 首創，卻因法庭上這番對答而走紅。之後，人們便用 being economical with the truth 嘲笑講大話的人。

14 荒謬可笑

笑的原因，可能是開心，也可能是看到一些荒謬無稽的事情時的反應。

美國國務卿 Tillerson 回應有關白宮要開除他的報道，指那些報道 "laughable"，可笑，就是荒謬無稽的意思。

和 laughable 同樣有"可笑"的含義，比 laughable 更強烈的，有 ridiculous 和 ludicrous。這兩個字都來自和"笑"有關的拉丁文。如果你說某人或者某事是 ridiculous 或 ludicrous，表示你認為該人或事十分愚蠢、荒唐或者完全不合情理，例如：

1. It was **ridiculous** to suggest that the decision could be kept secret. 以為該決定可以保密，簡直荒謬可笑。

2. She was making a **ridiculous** (或 **ludicrous**) figure of herself. 她在丟人現眼。

另一個字 **farcical**，也是荒唐可笑的意思，例如：

3. The murderer was sentenced to a **farcical** nine months' imprisonment. 殺人犯判了九個月監禁，真荒唐。

Farcical 來自名詞 farce，鬧劇；這名詞也可用來比喻荒謬的事，例如可以說：

4. The trial was a **farce**. 審訊只是一場鬧劇。

5. The meeting ended in a **farce**. 會議以鬧劇告終。

另一個和 farce 近似的，可以用來表示不屑的字是 joke，笑話。如果說：

6. The trial was a **joke**. 那場審訊是個笑話，即是說那根本不是公正的審訊。

還有一個和"搞笑"有關的字，是 funny。Funny 可以有兩個不同的意思，一是指滑稽、逗笑，但和 laughable 不同，並沒有"荒謬"的含意。例如：

7. They broke into laughter when they heard his **funny** story. 聽了他的惹笑故事，眾人大笑起來。

另一個意思是古怪、可疑，例如：

8.　There's something **funny** about this cheque. 這支票有點古怪。

如果有人說，Donald is a **funny** person. 他可能指 Donald 惹笑，也可能指他古怪；如果要弄清楚說話的人到底是甚麼意思，便要問他：**Funny** haha or **funny** peculiar?

不過，如果別人說的話你很不同意，你也可以回應說，Don't be **funny**! 別說笑吧！例如朋友要問你借一萬塊錢，你一口拒絕，可以說：Lend you ten thousand dollars? Don't be **funny**! 這裏的 funny 又和 ridiculous 差不多。

以上各字都和 "搞笑" 有關。要直接表示荒謬，不包含 "可笑" 的因素的，可用 absurd。例如：

9.　How did you come up with such an **absurd** idea? 你怎會想出這荒謬的主意？

10.　She knew it was **absurd** to do so; nonetheless she did it. 她明知這樣做是荒謬的，然而她做了。

另一字是 preposterous，也是荒謬、離譜的意思：

11.　What a **preposterous** proposal！真是離譜的提議！

15 新年快樂

在聖誕和新年的日子，朋友見面都會互相祝賀：Merry Christmas and happy new year!

Merry 和 happy 都是快樂的意思，那為甚麼聖誕快樂要說 merry 而新年快樂要說 happy？其實這只是習慣，沒有其他特別原因。不過，merry 和 happy 兩字在意思和用法上也有一點區別。Happy 一般形容愉快的心情、感覺，merry 則兼及興奮時的行為舉止，例如：

1. The **happy** parents watched their children perform. 開心的家長們看着他們的孩子表演。

2. The **merry** audience watched the children perform. 觀眾興高采烈看着表演，興奮得手舞足蹈。

第 1 句指開心的家長們看着他們的孩子表演：他們可能高興得歡呼喝采，但也可能安靜地坐着，只是心裏高興。第 2 句則形容觀眾興高采烈：不但心裏高興，而且手舞足蹈，表現得很興奮。

不過，merry 是比較 "舊式" 的字，現在人們會用 cheerful 或者（口語）cheery 代替 merry，表示開心而在行為上表現出來；happy 則是常用字，而且可用於多種不同的處境。例如：

3. He is a **happy** bachelor. 他是個開心的王老五。

4. She had a **happy** childhood. 她有愉快的童年。

5. I'm **happy** that you have come. 你來了我很高興。

6. Are you **happy** with the exam results? 你對考試成績高興嗎？

7. "Will you join us for lunch?" "I'd be **glad** to." "你會和我們一起午飯嗎？" "我很樂意。"

8. We are **happy** to announce the engagement of our daughter. 我們高興地宣佈，我們的女兒訂婚了。

當然還可以用來祝賀，如 Happy birthday! Happy anniversary! Happy National Day! 等等。上面第 5 至第 8 句裏的 happy，都表示對已經發生或者將要發生的事感到高興、愉快；這意思也可以用近義詞 glad、pleased 和 delighted 來表達，幾個字的含義略有差異。

如果高興帶有感謝的意思，例如上面第 5 句，可用 glad：

5a.　I'm **glad** that you have come.

因為滿意而高興，如上第 6 句，可用 pleased：

6a.　Are you **pleased** with the exam results?

表示樂意接受邀請，如上第 7 句，可用 delighted：

7a.　"Will you join us for lunch?" "I'd be **delighted** to."

　　有一點要注意：happy、merry 和 cheerful 可以用在名詞前面（如例 1 和 2）；但 glad、pleased 和 delighted 都只能用在動詞 be 的後面，不能放在名詞前面。

　　此外，還有兩個意思較誇張的字：thrilled 和 overjoyed，都是用來表示非常興奮的意思；上面第 8 句，要誇張一點，可以說：

8a.　We are **thrilled**（或 **overjoyed**）to announce the engagement of our daughter.

Thrilled 和 overjoyed 有時可以用來說反話。例如，你知道某人將要成為你的上司，如果你為此感到十分興奮，可以說：

9.　I am **thrilled** about the prospect of working under him.

但如果你一點也不喜歡那人做你的上司，你或可以說：

9a.　I am not exactly **thrilled** about the prospect of working under him.

這說法帶有諷刺的味道，即表示：你以為我會很興奮嗎？才不！

16 黃金歲月

人口老化，population ageing，是人們經常討論的問題。Age 除了是名詞，解作年齡或時代之外，也可作動詞，解作老去、老化。例如：

1. As he **aged**, his memory got worse. 隨着年齡增長，他的記性差了。

2. He **is ageing** rapidly. 他衰老得很快。

Ageing 也可以拼作 aging；英國人多用前者，美國人多用後者。例 1 裏的 aged 是 age 的過去式，讀作 "age" 加上尾音 "d"；過去分詞也是拼作 aged，用作形容詞，有兩個讀法不同的解法。第一個解法表示歲數，依然讀作 "age" 加尾音 "d"，例如：

3. The number of people **aged** 60 years and over has tripled since 1950. 六十歲或以上的人口自 1950 年以來已增長至三倍。

第二個解法是年紀老邁，要讀如 "agid"，兩個音節，例如：

4. I have to look after my **aged** parents. 我要照顧年邁的雙親。

以下幾句關於人口老化的說法，用了幾個不用的字來表示 "年老"：

5. There will be a rise in the proportion of **old** people in most countries. 大多數國家裏老年人的比例將會上升。

6. Few countries know whether their **elderly** populations are living in good or poor health. 很少國家知道自己的老年人口是否健康良好。

7. The combined **senior** and **geriatric** population in the world will reach 2.1 billion by 2050. 到 2050 年，全世界老年人口將增至 21 億，包括健康良好的和需要照顧的。

以上的 old、elderly、senior 和 geriatric，都可以用來表示年老，但意義和用法各有差別。最常用的 old，一般用來指年紀大的客觀事實，沒有 "好" 或 "壞" 的含意；elderly 這個字較 "斯文"，通常帶有恭敬或委婉的意味；senior 本來是比較資深的意思，被借用為年老的委婉說法，senior citizens 是長者的一個叫法，通常指享有長者優惠的退休人士；geriatric 指身心衰老不能自理的老人；如果把一個老人家叫做 geriatric，是對他甚為不敬。Geriatric 這字有另一個解法，是 "與老人病有關的",如醫院裏的老人科病房,叫 geriatric ward,老人科醫生叫 geriatrician。同源的字有 gerontology,老人學;一個由老人統治的國家,叫 gerontocracy。

許多人不肯認老,不喜歡被叫做 old;連 elderly 或 senior 都不願聽到。遇着這些人,你可以說他們 mature,"成熟",是對年老的一個婉轉而帶點幽默的說法,例如:

8. These clothes are for **mature** ladies. 這些衣服是上了年紀的女士們穿的。

六十歲以上不同歲數的長者,各有特別的稱謂:60 至 69 歲的人叫 sexagenarians,70 至 79 歲叫 septuagenarians,80 至 89 歲叫 octogenarians,90 至 99 歲叫 nonagenarians,百歲人瑞叫 centenarians。

17 青春常駐

表示 "年輕" 的常用形容詞是 young，可說是 old 的相反詞。但這兩字各有一些特別的用法，有時不是簡單的相反意義。例如 old man 和 young man，可以指老年人和青年人，但 old man 也可以是子女對父親、或者妻子對丈夫的叫法；又或者和人家談話時叫對方做 old man，是親切友好的稱呼。另一方面，叫對方做 young man（或 young lady），可以表示看不起對方的意思。

還有，young 可以用來形容人生的不同階段，表示在該階段中年紀最輕的時候，例如可以說 a young baby、a young child、a young adolescent、a young adult，現在甚至很流行說 the young old，指五十五歲以上、七十歲以下的人。

當然，young people 就是指年輕人。年輕人的優勢是活力充沛，弱點是經驗不足；在不同的處境下用 young 形容人，可有褒有貶。譬如對不同的人說 "You are still **young**."，可以有不同的含意，且看以下幾個例子：

1. A: I'm turning seventy next year. 我明年便七十歲了。
   B: You are still **young**. 你還年輕呢。
2. C: How could I have trusted him! 我怎會相信他！
   D: You are still **young**. 你還年輕呢。
3. E: There are so many things I want to see and do. 我還有很多東西想看想做。
   F: You are still **young**. 你還年輕呢。

例 1 裏的 A 說自己明年便七十歲了，B 說 "你還年輕呢。"，是稱讚 A 仍有活力，沒有老態。例 2 的 C 自怨，竟然相信了一個不應相信的人；D 對他說 "你還年輕呢。"，是指 C 入世未深，經驗尚淺。例 3 的 E 說，有很多東西他想看想做，F 說 "你還年輕呢。"，有 "來日方長" 的意思。

要表示 young 的正面的特點，例如強健有活力、有青春氣息，可以用 youthful：

4. She is a very **youthful** 65. 以 65 歲的年紀，她顯得很青春。

5. Working with young people keeps me **youthful**. 跟青年人一起工作，令我保持青春。

Youthful 多用來指年長的人表現得青春；所以，如果祝人 "青春常駐"，還是說 stay young 比 stay youthful 為人受落。

另一方面，要表示青少年負面的特點，特別是幼稚或不成熟，可用 juvenile，例如：

6. They were fed up with his **juvenile** behaviour. 他們受不了他的幼稚行為。

7. I don't really appreciate his **juvenile** sense of humour. 我並不欣賞他那幼稚的幽默。

在法律上 juvenile 是指未成年，如僱用童工是 juvenile employment，少年罪犯是 juvenile offenders 或 juvenile delinquents。

如果要直指某人不成熟或者沒經驗，可用 immature 或 green，例如：

8. I think he is too **immature**（或 **green**）for the job. 我認為他太不成熟，不適合做這份工作。

形容人或行為幼稚，也可用 childish 或 puerile。例如：

9. This is a **puerile**（或 **childish**）piece of writing. 這篇文字很幼稚。

10. Wolff's new book paints Trump as a **puerile** ignoramus. Wolff 的新書把特朗普描繪為幼稚無知的人。

Childlike 也是來自 child 的形容詞，但它的意義卻多是正面的，例如人們會說 childlike innocence（孩子般的純真，童真）或 childlike candour / frankness（孩子的直率）。

18 髒話連篇

　　特朗普再次口不擇言，把一些國家叫做 "shithole countries"，在國內外都受到嚴厲譴責。從學習語文的角度來看，這事件最有趣的，是世界各地怎樣把這粗鄙的詞語翻譯成當地語言。在亞洲，幾乎所有國家和地區在翻譯時採用了冒犯性較輕的詞語。據《德國之聲》中文網報導，中國《人民日報海外版》把它譯為"爛國家"，新加坡《聯合早報》用"下三濫國家"，日本譯作"像廁所一樣的國家"或"骯髒的國家"，韓國韓聯社用"乞丐巢穴"。台灣的譯法最有創意："鳥不生蛋的國家"。沒有一處把 "shithole" 直譯為"屎洞"。

　　用 shit 來指糞便，是不雅用語；在要注意禮貌的場合，應該用其他詞語取代。例如，要說動物的糞便，可用 dirt、dung 或 droppings。行人路上有一堆狗糞，很討厭，你可以說：

1.　　Look at that pile of dog **shit**! 看那堆狗糞！

但如果要斯文一點，應說：

2.　　There's a pile of dog **dirt** on the pavement. 人行道有一堆狗糞。

牛馬的糞便，可用作肥料，所以可叫 manure。

　　至於人類自己的糞便，說法就更加要講究。一個完全沒有冒犯性的字是 excrement，相當於中文說"排泄物"。例如最近一宗懷疑虐兒案，新聞報導說警員入屋時發現滿地都是糞便：

3.　　There was **excrement** all over the floor. 地上滿佈排泄物。

　　在生物課討論人的消化系統時，會用籠統的名稱 waste matter 或 waste material 來指糞便。醫生談到病人的大便，會用 stool，例如：

4.　　There was blood in the patient's **stool**. 病人的大便有血。

5.　　The doctor told him to take a **stool** sample for testing. 醫生叫他取大便樣本去化驗。

　　另一個在正式文件中使用的詞語是 faeces (複數名詞；美式拼法 feces) 或 faecal matter，可以指人類的，也可以指動物的。例如：

6.　　**Faecal** matter was found in the canned spaghetti. 罐頭意粉裏驗出糞便。

病人和醫生之間或者家庭成員之間交談，要提到大便，可說 bowel movement（可作名詞或動詞）；如果有陌生人在場，不好意思說得太白，可用 BM 代表。用小孩子的語言則不會產生尷尬，說 poo、poo poo 或 poop，等於中文說 ，"便便"。英國有城市試用街上收集到的狗糞給路燈發電，報導說：

7. Ten bags of dog **poo** can give two hours of light. 十袋狗便便可產生兩小時光明。

　　回頭再說 shit。這字經常用來表達厭惡或氣惱的情緒，或者就是用來加重語氣，不是真的指糞便。這些用法倒是可以接受的；以下是一些例子：

8. You are talking **shit**. 你在胡說！

9. He treated us like **shit**. 他當我們是垃圾。

10. They beat the **shit** out of him. 他們把他打得半死。

11. You'll be in deep **shit** if you don't get this work done today. 你今天不把這工作做完，就要遭殃。

12. He doesn't give a **shit** about what we think. 我們的看法他不屑一顧。

19 預知未來

　　自古以來，人們都想預知自己的命運和未來。古時人們不懂科學，很多占卜的法術都來自迷信，例如行雷閃電、刮風下雨、日月蝕等人們無法解釋的自然現象，都會被當作人世間禍福吉凶的預兆。今天科學昌明，許多古時的迷信已被打破；但是，人們仍然會用各種科學不能解釋的方法去預測未來。（或許在不久的將來，大數據和人工智能會使占卜成為一門嚴謹的科學。）

　　表示預言、預測（動詞）的常用字有 predict、 foretell、 forecast 和 prophesy。這幾個字意義和用法都分別不大，可以互相替換。例如：

1. No one can **predict** the election result. 沒有人可以預測選舉結果。

2. They **foretell** that property prices will continue to rise. 他們預測樓價會繼續上升。

3. Rain is **forecast** for tomorrow. 預測明天有雨。

4. Scientists **prophesy** that robots will take over most of our jobs. 科學家預言，機器人將接管我們的大部份工作。

5. The fortune-teller claims that he can **predict** (或 **foretell / forecast / prophesy**) the future. 算命先生聲稱他可以預測未來。

　　Fortune 可以解作命運；fortune-teller 即是可以說出你的命運的人；fortune-telling 就是算命、占卜。任何預言都可叫做 prediction，而 fortune-telling 則是特別的 prediction：對命運的預言。另一個字 divination，也是占卜的意思，分別是 divination 比較隆重，通常有宗教儀式伴隨，且涉及神鬼等超自然力量；具有這種能力的人叫 diviner，例如：

6. The **divination** of the high priest was fulfilled. 祭司長的預言實現了。

7. The philosopher asks the **diviner** to tell what is holy and what is impiety. 哲學家問占卜師，甚麼是神聖，甚麼是對神不敬。

　　動詞 divine 除了解作占卜之外，還有一個不涉及神鬼的解法：憑個人的智慧或直覺去判斷或猜測，例如：

8. We leave to the intelligence of the reader to **divine** what the truth is. 事實是甚麼，留待讀者用智慧去判斷。

具有超自然力量而預知未來的人，古時還有 soothsayer、seer 和 prophet 等名稱。有的宗教有認可的 prophets，是獲得神賦予預知能力的 "先知"，不同於別的 soothsayers 或 seers；這些名稱現代人已很少用了。但我們不時還會聽到有一種特別的 "先知"，叫 clairvoyant，聲稱可藉與先人或神靈溝通而預知未來。

各種不同的占卜算命方法，有特別的名稱。例如憑掌紋算命，叫 palmistry；看面相算命，叫 physiognomy；憑一個人的姓名算命，叫 nomancy 或 onomancy；憑星象占卜，叫 astrology 或 horoscopy；憑地理環境占卜，或堪輿學，叫 geomancy，又或者叫 feng shui，是中國 "風水" 的譯音。這些占卜方法，在中西文化裏都找得到。

其他千奇百怪的占卜術，多不勝數。以下一些例子，讀者或會感興趣：taromancy（用塔羅牌）、tasseography 或 tasseomancy（用茶葉）、plastromancy（用龜殼上的裂紋）、crystallomancy 或 gastromancy（用水晶球）、numerology（用數字）、austromancy（用風）、brontomancy（用雷）、nephomancy（用雲）、solaromancy（用太陽）、selenomancy 或 lunamancy（用月亮）。還有 scatomancy（用糞）和 uromancy（用尿）！

20 驕傲自大

特朗普第一份國情咨文的主題，是 "Building a safe, strong and proud America" —"建設安全、強大和驕傲的美國"。不過民調顯示，美國人民很少為特朗普過去一年的施政感到 proud；至於對特朗普本人，多數人用來形容他的字不是 proud，而是 arrogant。

正如中文的"驕傲"，proud 的含義可以是正面的，也可以是負面的。特朗普說的 "proud America"，裏面的 proud 有光榮、自豪的正面含意，正如在以下例子裏：

1. I am very **proud** to be a member of the team. 作為團隊的成員，我十分光榮。

2. Your parents must be **proud** of your achievements. 你的成就一定令父母感到驕傲。

但當我們教導孩子"不要驕傲"的時候，"驕傲"就有自滿、自大的負面含義，如下例：

3. She is too **proud** to admit her mistakes. 她太自負，不肯承認錯誤。

至於 arrogant，就只有 proud 的負面意義：傲慢、自大，自以為了不起：

4. He is **arrogant** and overbearing, and at the same time shallow and foolish. 他自大、專橫，而又淺薄、愚蠢。

5. An **arrogant** person never learns and can never become a better person. 自大的人不會學習，不能改進。

一個人如果自視過高、自負，叫 conceited。我們也可用 cocky 來形容人（特別是年輕人）自以為是或過分自信。

6. She is too **conceited** to listen to others' advice. 她自視甚高，不聽別人意見。

7. Don't get **cocky** because you hear praises. 不要因為有人稱讚便翹尾巴。

另一個表示自滿的字是 complacent，例如：

8. We should not be **complacent** about our achievements. 我們不

應因成績自滿。

Complacent 形容人的心態；一個 complacent 的人，以為自己很完美，但他不一定以傲慢的態度表現出來。如果自大加上對人輕蔑的態度，令人反感，可以叫做 haughty 或者 supercilious。一個態度傲慢囂張的官員，可以叫做 a haughty（或 supercilious）public official。

有些人認為自己屬於上層社會，歧視"低下階層"的人，叫做 snobbish。這個字現在可用來指以任何原因以為自己高人一等，看不起人，勢利眼、"白鴿眼"。例如：

9. **Snobbish** home-owners are protesting about a refugee family moving into their street. 新搬來的難民家庭，遭到街道裏歧視他們的住戶抗議。

有一種人以自我為中心，最喜歡拿自己作話題在別人面前滔滔不絕；這可以叫做 egotistic。自吹自播的人，也可以用 boastful 或 bragging 形容。例如：

10. I am tired of listening to her **egotistic** stories of herself. 我聽厭了她老是說自己的故事。

11. Her **boastful**（或 **bragging**）way of talking about her achievements puts people off. 她對自己成就的吹噓，令人生厭。

有些人愛在人們面前把自己當成大人物，裝腔作勢，行為舉止甚至誇張得可笑，這叫做 pompous：

12. I can't put up with that **pompous** ass. 我無法忍受那擺架子的傢伙。

很多人會用 pompous 形容特朗普，雖然他是美國總統，如假包換的"大人物"。

21 謙虛謹慎

驕傲 proud 的相反就是謙虛，humble 或 modest。一個 humble 的人不會誇耀自己，不會以為自己比別人強，例如：

1. He gave a great performance, but he was very **humble** (或 **modest**). 他表現出色，但十分謙虛。

2. "It's only luck," he said **humbly** (或 **modestly**) after winning the contest. 他贏得比賽後謙虛地說："幸運而已。"

除了表示謙虛之外，humble 和 modest 也可以表示真正的地位低微，或者指一般的、普通的、不出眾的。例如：

3. There are restaurants, both **humble** (或 **modest**) and expensive, that specialize in noodles. 有專門吃麵的餐廳，普通的和高級的都有。

4. He started his career as a **humble** (或 **modest**) factory worker. 他開始工作時，是一個普通的工廠工人。

如果要表達的是個人的感受，則會用 humble 而不用 modest，例如：

5. I felt very **humble** in the presence of so many famous stars. 在這許多明星面前，我自慚形穢。

此外，humble 可用作禮貌的自謙之詞；這時也不會用 modest 取代：

6. In my **humble** opinion you are wrong. 愚見以為，你錯了。

7. I am always your **humble** servant, sir. 先生，我永遠是你謙卑的僕人。

另一方面，要表示"不多"或"不大"，可用 modest (但不用 humble)，例如：

8. We can expect a **modest** growth in the economy. 經濟將有輕微增長。

回到謙虛的意思，有幾個字，意思都和上一篇所說的 boastful 或 bragging (愛自誇的、自吹自播的) 相反：self-effacing、reserved、shy、bashful 和 diffident；用這些字來形容的人，都不會誇誇其談、自我吹噓，不過這些字的意思和 "謙虛" 並不一樣：self-effacing 指為人低調，不愛在人們面前談論自己；reserved 的人不會輕易向人表露自己的感受和意見；shy 和 bashful 都是羞怯、腼腆的意思；diffident 的人因缺乏自信而膽怯。例如：

9. She was **humble** and **self-effacing**, with no ambition to shine socially. 她謙虛低調，無意成為社交名人。

10. He was **quiet** and **reserved**, and you wouldn't know what he was thinking. 他沉默寡言，你不知道他在想甚麼。

11. He was very **shy** (or **bashful)** and would blush whenever people talked about him. 他很害羞，人家一談到他，他就臉紅。

12. She is **diffident** and very difficult to interview. 她很羞怯，對自己沒信心，給她做訪問很困難。

另一個字 deferential 也有謙卑的意思，但通常是指對上級或長輩的恭敬態度，例如：

13. Female subordinates are often less **deferential** to their female bosses than to their male bosses. 女性下屬對女性上司，通常不會像對男性上司那麼恭敬。

14. The waiter brought the menu-card with a **deferential** flourish. 侍應以誇張的恭敬動作送上菜單。

形容女士（特別是少女）矜持，端莊謹慎，可用 demure：

15. We tried to make conversation, but she only gave us a **demure** smile. 我們想和她交談，但她只報以矜持的微笑。

22 勝任能幹

稱讚人家能幹，有工作能力，最普通的用字是 good。形容人在某方面特別擅長，可以說 good at (doing something)，例如：

1. She is **good at** communicating with people. 她擅長與人溝通。

2. The job requires someone **good at** figures. 這份工作需要善於計算的人。

Good 也可用來表示一般的稱讚，例如：

3. "How is the new secretary doing?" "新來的秘書表現怎麼樣？"
   "Oh, she's very **good**." "噢，她很棒。"

或者誇張一點，可以說 She is **great / wonderful / marvellous / incredible.** 她非常精彩，棒極了！

如果嘉許某人的表現，想說得比較具體、準確，可以考慮用 competent、efficient、proficient、capable、skilled 或者 skilful。

Competent 最常用的解法是勝任的、稱職的，即具備了要做好一份工作所需的技能、知識或經驗。例如：

4. She is a very **competent** secretary. 她是一位很勝任的秘書。

同樣，可以說 a competent officer，稱職的官員；a competent civil servant，稱職的公務員。如果用 efficient 形容某個職員或官員，同樣是稱讚他辦事能力強、"好打得"；特別指辦事效率高，即可以用最短的時間、最少的資源把事情辦好。

5. He has a very **efficient** personal assistant. 他有一位辦事效率很高的私人助理。

另一個相似的字 proficient，意思和 competent 十分接近，指對某一種工作十分熟練，做得很好。我們可以說 a proficient secretary、a proficient teacher、a proficient driver 等，又例如：

6. He is **proficient** in languages. 他的語言能力很強。

說一個人很有本事，很能幹，也可以用 capable 這個字：

7. He is a very **capable** person. 他這個人很能幹，很多事情他都做得很好。

8. She is a **capable** wife. 這位太太很有本事，"入得廚房，出得廳堂"。

Capable 也可以用來形容在某方面的表現，這時它的意義就和 competent 或 proficient 相同，例如：

9. He is a very **capable**（或 **competent / proficient**）instructor. 他是一位很好的教練。

以下例子說明 competent、proficient 和 capable 的不同用法（語法不同；解法也有分別）：

10a. She is **competent** to teach young children. 教小孩，她是勝任的。

10b. She is **proficient** in teaching young children. 她精於教小孩。

10c. She is **capable** of teaching young children. 她有教小孩的能力。

從名詞 skill（技能）來的形容詞，有 skilled 和 skilful。這兩個字的解法有些分別：skilled 是指經訓練後對某項技能掌握得很好，例如 a skilled driver，技術熟練的司機；a skilled typist，熟練的打字員。Skilful 是 "有技巧的"，不專指某項技能；例如 a skilled negotiator 指談判技能十分熟練的專家，而 a skilful negotiator 則在談判中懂得靈活運用技巧。有些工作，如寫作、新聞採訪、行政管理或者政治領袖等等，如果要精通，不能只靠熟習一門技能或手藝，而是需要掌握多種技巧，那就會說 skilful 而不說 skilled: a skilful writer、a skilful journalist、a skilful manager、a skilful politician 等等。

23 顢頇無能

之前介紹了表示能幹、勝任的幾個字 competent、efficient、proficient、capable、skilled 和 skilful。這些字除了 proficient，其餘都可以加上表示相反的 prefix（前綴），其中 incompetent、inefficient 和 incapable 都是常用字，表示不勝任、能力低。例如：

1. The popularity of the government cannot be boosted unless **incompetent** officers are fired. 不辭退庸官，不能提高政府的民望。

2. That **inefficient** secretary is always causing us trouble. 那不稱職的秘書經常給我們製造麻煩。

3. As an administrator, he is simply **incapable**. 作為管理人員，他根本沒有能力。

4. She seemed **incapable** of making decisions. 她似乎沒有決斷的能力。

Inefficient 除了可形容人，更經常用來形容事，如 an inefficient system，低效的組織系統；an inefficient method，費時失事的方法。

Skilled 和 skilful 的相反詞分別是 unskilled 和 unskilful。Unskilled 較常用，指未受訓的、沒有技能的，例如 an unskilled workman 是沒有技術的工人，an unskilled painter，技藝拙劣的畫匠。又例如：

5. Many minorities and immigrants have gone into low-paid, **unskilled** jobs. 很多少數族裔和移民都從事低薪、無技術的工作。

6. He was **unskilled** in the art of rhetoric. 他不懂說話的藝術（不善辭令）。

至於 unskilful，即缺乏技巧的、不靈巧的、笨拙的。這個字較少用；要表示笨拙，通常會用 clumsy 或 bungling。一個 clumsy 的人笨手笨腳，或者做事粗心大意，易出亂子，例如：

7. The **clumsy** maid has broken all our crockery. 粗心大意的女僕把我們的碗碟都打碎了。

8. The action was a **clumsy** attempt to topple the government. 該

行動是意圖推翻政府的拙劣嘗試。

動詞 bungle，指笨拙地去做一件事，或者搞糟了一件事。如果說 He **bungled** the job.，是指某人搞糟了一件工作；a bungled robbery 是一宗沒有成功的劫案。上面例 8 的 clumsy 換了 bungled，是失敗了的意思。形容詞 bungling 就是笨拙的：

9. **Bungling** politicians give enough reasons for some not to vote. 拙劣的政客令人們有足夠的理由不投票。

10. We don't need his **bungling** help. 我們不需要他的幫忙；他是越幫越忙。

完全沒有能力和技巧，也可以叫 inept：

11. He is an **inept** critic who thrives by attaching his name to great reputations. 他是低能的評論員，靠把自己的名字和名人扯在一起來出名。

12. She is **inept** at dealing with people. 她不懂跟人打交道。

還有一個字 maladroit，和 clumsy 接近，也是指不能妥善處理各種處境。形容詞 adroit 即精明、幹練、機靈；maladroit 是相反詞：

13. Some of his first interviews with the press were rather **maladroit**. 他在開頭幾次傳媒訪問裏顯得很生硬。

24 非法行為

"僭建"，政府的正式叫法是"違例建築工程"，英文是 unauthorised building works，即未經批准的建築工程，簡稱 UBW。

動詞 authorise 是授權、批准的意思，unauthorised 就是未經批准的，可以用來形容人或事，例如：

1. （通道入口告示）No entry to **unauthorised** vehicles. 未經許可車輛不得內進。

2. This information should not be disclosed to **unauthorised** persons. 這資料不應向未經許可的人披露。

3. **Unauthorised** access to the computer system is prohibited. 未經批准不得進入電腦系統。

和 unauthorised 意義相近有一個字 unlicensed，即沒有"牌照"的、未有依法獲得許可的。無牌餐館是 an unlicensed restaurant，無牌駕駛 unlicensed driving，無牌貸款 unlicensed loans。上面例句 3 中的 prohibited 是禁止的意思；僭建是禁止的，Unauthorised building works are prohibited. 如果要指出僭建是違法的，就說：Unauthorised building works are illegal. 有些地方把僭建叫做 illegal building works；legal 是合法的、法律允許的；illegal 就是違法的、法律不允許的。

除了 illegal，用來表示和法律有牴觸的常用字，還有 unlawful、illegitimate 和 illicit。Unlawful 和 illegal 意思十分接近，都是指違法。兩字的分別是：unlawful 通常用來指一種行為"不符合法律規定"，例如：

4. The trade union said the dismissal of the drivers by the bus company was **unlawful**. 公會說巴士公司解僱車長是不合法的。

巴士公司如果要解僱車長，必須根據法律規定的理由，依照法律規定的程序，否則就是 unlawful dismissal，不合法解僱。這裏用 unlawful 比 illegal 合適。

法律明文禁止的行為或事情，就叫 illegal，例如上面說的 illegal

building works，違例建築；illegal parking 是違例泊車， illegal drugs 是違禁藥物， illegal immigrants 是非法入境者， illegal assembly 是非法集會。又例如：

5. They will do anything to get him, legal or **illegal**. 為了捉拿他，他們用盡一切手段，不論合法還是非法。

Illegitimate 主要用來指沒有合法地位或權利；例如 illegitimate child 指非婚生的孩子， illegitimate use of privileged information 是非法盜用保密資料。

6. The government, not chosen by the people, was viewed by most as **illegitimate**. 並非由人民選擇的政府，被多數人認為沒有合法性。

Illicit 的原義是違禁的；現在除了用來指法律禁止的行為模式，例如 illicit trade 非法貿易、 illicit conversion of property 非法轉換物業、an illicit attempt to control the market 非法操控市場；也常用來指道德不容許的行為，例如 an illicit affair 婚外情， illicit sexual relations 不正當的性關係。

還有一個解作"犯法"的字是 criminal，指犯了刑事罪行；criminal activities 是犯罪行為， a criminal offence 是一項刑事罪行， criminal charge 是刑事起訴。Criminal 比 unlawful、 illegal、 illegitimate 或 illicit 嚴重：刑事罪行當然都是違法，但並非所有違法行為都是刑事罪行。例如僭建是 illegal，但不是 criminal。

正如中文說"罪惡"或"犯罪"， criminal 也可以用來表示對某種行為的強烈否定，不一定真的牴觸了法律，例如：

7. Wastefulness in public expenditure is **criminal**. 在公共開支上，浪費是犯罪。

非法行為

049

25 國富民豐

表示富裕、富有，最常用的形容詞是 rich，可以用來形容個人、羣體或者地方：a rich businessman、a rich family、a rich country；另一個常用詞是 wealthy，意思和 rich 沒有分別，例如我們同樣可以說 a wealthy businessman、a wealthy family、a wealthy country。以下例子中，rich 和 wealthy 兩字可以互換：

1. According to Forbes, Jeff Bezos is **the richest** (或 **wealthiest**) person in the world in 2018. 福布斯雜誌說，謝夫・貝索斯（亞馬遜公司董事長兼行政總裁）是 2018 年全球首富。

2. We are going to make America **rich** (或 **wealthy**) again. （特朗普說）我們要使美國重新富裕起來。

不過，有的常用說法只會用 rich 而不會用 wealthy，例如：

3. This place is visited by many **rich and famous** people. 很多富人名流都來這裏。

4. His parents are so **filthy** (或 **stinking**) **rich** he gets everything he wants. 他父母很富有，讓他要風得風。

例 3 中的 "rich and famous" 是慣用說法，不會說成 "wealthy and famous"。

例 4 中的 filthy rich 或 stinking rich，聽起來很負面：filthy 是污穢的，stinking 是臭的；但其實這兩個說法都只是說某人 "非常有錢"，不一定指他的財富不乾淨或者不馨香。這裏的 rich 同樣不能用 wealthy 取代。

此外，rich 還有一些不同於 "富有" 的其他解法，例如：

5. This area is **rich** in wildlife. 這地區有很多野生動植物。

6. He was attracted by the region's **rich** history and culture. 那地區豐富多彩的歷史和文化吸引了他。

以上兩句裏的 rich 並不解作擁有很多財富那種富有，不能用 wealthy 代替。如果說一個人環境很不錯，也可以用 well off；還有比較式 better off，例如：

7. We are much **better off** now than we were three years ago. 我們現在的環境比三年前好多了。

另外還有一個稍為舊式的說法 well-to-do，也是 rich 的意思：

8. She comes from a **well-to-do** family. 她來自富裕的家庭。

還有兩個表示富裕的字，是 affluent 和 prosperous，同樣可以形容人或地方：an affluent / prosperous farmer（富裕的農民）、an affluent / prosperous residential area（富裕家庭的住宅區）、an affluent / prosperous society（富裕社會）。但兩字的含義有點差別：prosperous 是褒詞，如果一個人或者一個地方是 prosperous 的，肯定是好事；但當人們說 affluent 時，卻不一定帶有讚譽的意味，很多時是拿來和貧窮作對比。所以，我們會說：

9. It's good to see you looking so **prosperous**. 看到你這麼成功的樣子，真高興。

這句裏面的 prosperous 不宜換作 affluent。

中國的發展目標是 2020 年全面建成小康社會，本世紀中建成富強民主文明和諧美麗的社會主義現代化強國。按官方的譯法，"小康社會"是 "a moderately prosperous society"，"富強民主文明和諧美麗"是 "prosperous, strong, democratic, culturally advanced, harmonious and beautiful"；用了 prosperous，不用 rich、wealthy 或 affluent。

26 貧窮無助

有關財政預算案的最大爭議,是政府龐大的財政盈餘,有沒有切實用來幫助貧困家庭。形容貧困,最常用的字是 poor:

1. Critics said the budget failed to reach out to **poor** families. 批評者說,預算案對貧困家庭沒有幫助。

和上次談過的相反詞 rich 一樣,poor 可以形容個人、集體或地方,例如:

2. This **poor** old woman collects waste cardboard for a living. 這貧苦老婦靠拾紙皮為生。

3. Many people left the **poor** villages and went to find work in the cities. 很多人離開貧窮的農村,到城市裏找工作。

4. Many countries in the Third World are as **poor** as they have ever been. 很多第三世界國家和以往一樣貧窮。

一個和 poor 近義的字是 needy,也是貧困的意思,特別指缺乏生活的必需品。和 poor 比較,needy 用來形容人多於形容地方或國家;以上例 1 和 例 2 都可用 needy 代替 poor,但例 3 和 例 4 就應該用 poor。有一個這樣的說法:needy 的人一定是 poor,但 poor 的人不一定是 needy,因為他們可能獲得援助,解決了生活所需。按這說法,poor 就是貧窮,而 needy 是貧而無助、有待援助。

還有,poor and needy 可以一起使用,如以上例 1 的 "poor families" 可作 "poor and needy families"。

如果要形容一個人很窮、身無分文,也可以說 penniless、hard up 或者 broke。這幾個字通常是指現狀:是說現在無錢,或者一段時間無錢,跟例 1 至 例 4 裏所說的貧窮有分別。例如:

5. A: Can you lend me a few hundred dollars? 借幾百元給我可以嗎?
   B: Sorry, I'm **penniless** too. 對不起,我也身無分文。

6. I'm always **broke** at the end of the month. 每到月尾我的錢都花光了。

7. We're **hard up** to buy any new furniture. 我們沒錢買新家具了。

另外還有 destitute，指一貧如洗，甚麼都沒有。例如：

8. When her husband died, she was left **destitute**. 她的丈夫去世後，她便一貧如洗。

要特別指缺乏某些東西，也可以用 destitute of：

9. They found the place **destitute of** food and water. 他們看到那裏沒有食物，也沒有水。

有兩個經常會在新聞報導見到的字，impoverished 和 poverty-stricken，也是用來形容貧窮的人，和貧瘠的地區或國家。

動詞 impoverish 是使某人或某地變得貧窮；形容詞 impoverished 就是貧窮的：

10. The new policy **impoverished** the peasants. 新政策令農民貧困。

11. The government hopes to lure businesses into **impoverished** areas by offering tax breaks. 政府擬用稅務優惠，吸引企業到貧困地區。

形容詞 stricken 用來指遭受某些不幸事情的打擊；poverty-stricken 就是受貧窮困擾的意思：

12 He was born into a large and **poverty-stricken** family. 他生於一個貧困的大家庭。

13 She is not as **poverty-stricken** as you think. 她並不是你以為那麼貧窮。

27 合理可信

前俄羅斯特工和他的女兒在英國中毒，歐盟峰會日前就案件發表聲明，指稱：

1. It is highly likely that Russia is behind the attack, for there is no other **plausible** explanation. 襲擊極有可能是俄羅斯所為，因為除此之外沒有其他合理解釋。

形容一種說法聽起來好像有點道理，令人覺得可以相信，就會用 plausible。這字跟解作 "鼓掌" 的 applaud 同源：鼓掌表示贊同，而 plausible 就是 "可以贊同的"、"可以信納的"。不過，這不等於說那事是真實的；說 plausible，很多時是表示雖然有關說法言之成理，但對它的真實性仍有保留。例如：

2. Her story sounded **plausible** enough. 她的描述聽起來似乎很可信。（但不知道是不是真的。）

3. They tried to find a **plausible** excuse for making that mistake. 他們試圖為犯了的錯誤找個合理的藉口。

歐盟認定俄羅斯是在下毒案的背後，因為找不到任何其他可信的解釋。例 1 裏的 plausible，換作 possible 也說得通，雖然意思略有分別：no other possible explanation 是沒有其他可能的解釋。兩字的分別：plausible 是主觀印象，possible 是客觀判斷。試以下句作比較：

4. It is **possible** that the crime was committed by one single person. 這罪案有可能是單獨一人的所為。

如果把 possible 改為 plausible，即認為 "犯案者是單獨一人" 的說法也可以成立。如果再把 possible 改為 probable 或 likely，就表示單獨一人犯案不但是可能的，而且可能性較高。說 "highly likely"，就是可能性極高了。

表示 "可信" 的常用近義字，還有 convincing、credible 和 believable。動詞 convince 是 "說服"、"使人相信"，convincing 是 "令人相信的"、"有說服力的"，例如 a convincing explanation 有說服力的解釋、convincing evidence 有力的證據。相反詞 unconvincing 是 "不

可信的"，例如：

5. We asked them for an explanation and were given the usual **unconvincing** excuses. 我們要求他們解釋，但得到的只是慣用的無人會相信的藉口。

來自動詞 believe（相信）的 believable，多用來形容事，如 a believable explanation 可信的解釋、believable evidence 可信的證供。如果說一個人可信，會用 credible，如 a credible witness 可信的證人；但 credible 也可以和 believable 一樣用來形容事。以上例 1 至例 3 裏的 plausible，都可換作 credible 或 believable，意思差不多。

要注意的是，和 unconvincing 不同，believable 和 credible 兩字的相反詞 unbelievable 和 incredible，很少用來形容某人或某事"不可信"；它們通常是指"難以置信的"、"令人驚訝的"、"極度的"。例如上面說，可信的證人是 a credible witness；一個不可信的證人，通常會叫做 an unreliable witness，而不會叫他做 "an incredible witness"，因為後者可能被理解為"表現極其出色"的證人。同樣，如果你說 His performances are **unbelievable**.，是稱讚某人的演出超乎想像地精彩，不是說他虛偽不可信！

28 意見一致

今天的社會要對有爭議的問題達成共識，似乎愈來愈困難了。共識，即眾人一致的意見，英文是 consensus。"共識政治"，英文是 consensus politics，把 consensus 用作形容詞。作為名詞，consensus 的用法見以下例句：

1. The **consensus** of the committee was that they should elect a new chairman. 委員會一致認為要重選主席。

2. There is no **consensus** among parents about whether the test should be abolished or not. 家長們對應否取消該項測驗沒有共識。

3. We will not make a decision unless we reach a **consensus**. 除非達成共識，否則我們不會作出決定。

4. There was a **consensus** of opinion as to the importance of the news. 對於該則新聞的重要性，人們有一致的意見。

有些嚴格的編輯會說，consensus 已包含了 "意見" 的意思，所以例 4 裏的 "a consensus of opinion " 是多餘的，應該把 "of opinion" 刪去。同樣，"a general consensus" 也是累贅的說法，因為 consensus 一定是 general 的了。

例 1 和 例 2 裏的 consensus，換作 agreement 也可以，意思差不多；而 "an agreement of opinion"（意見的一致）和 "a general agreement"（普遍的一致）都是常用說法，沒有人認為錯誤或累贅。如例 3 和 例 4 所示，consensus 前面要有冠詞（article "a"）；至於 agreement、reach agreement 和 reach an agreement 都可以說，但兩者意思有別，前者指意見取得一致，後者指達成一項協議，試比較：

5. The management and the employees failed to reach **agreement** on several important issues. 管方和員方在幾個重要問題上不能取得一致意見。

6. The management and the employees finally reached an **agreement**. 管方和員方終於達成一項協議。

協議的文件也可以叫做 agreement，例如：

7. Over 190 countries have signed the Paris **Agreement** dealing with greenhouse gas emissions. 超過 190 個國家簽署了處理溫室氣體排放的巴黎協議。

巴黎協議又叫做 Paris Climate Agreement 或 Paris Climate Accord；accord 是正式的協議或條約，如和平條約可叫 peace accord。

詞語 in accord with 表示"符合"，和 in agreement with 相近，例如：

8. The Financial Secretary's budget is completely **in accord with** the Chief Executive's new financial philosophy. 財政司司長提出的預算案完全符合行政長官的理財新哲學。

表示"同意"的常用字，還有和 consensus 同源的 consent，以及 concurrence；consent 所說的"同意"有"批准"的含義：

9. The written **consent** of the Chief Executive is required for bills relating to government policies to be introduced. 提出涉及政府政策的法案，須得行政長官書面同意。

而 concurrence 所說的"同意"則指"持相同意見"：

10. With the **concurrence** of a group of specialists, the doctor recommended surgery. 在一組專家的同意下，醫生建議進行手術。

在一致（或雙方）同意下去做一件事，可說 by common（或 mutual）consent：

11. She was chosen as leader by common **consent**. 大家一致同意選她為領袖。

12. They kept the deal secret by mutual **consent**. 他們按雙方同意，把交易保持秘密。

29 爭論不休

　　有些事情人們不能達成共識，因為有太大爭議。表示爭議、爭執或者衝突，可用 controversy、conflict 或 contention。一件在社會上引起廣泛爭議的事情，叫 a controversy；多項有爭議的問題，便用複數 controversies。例如：

1. There is a bitter **controversy** over the site of the new airport. 新機場的選址是一個引起激烈爭論的問題。

2. A number of political **controversies** have to be settled before the confidence of the people can be restored. 解決了若干有爭議的政治問題，人們才會恢復信心。

Controversy 又可用作 "不可數名詞"，表示爭議：

3. The budget has caused considerable **controversy**. 預算案引起了頗大爭議。

4. The President resigned amid mounting **controversy**. 在愈來愈強烈的爭議中，總統辭職。

同樣，conflict 也有 "可數" 和 "不可數" 兩種用法：

5. Some historians say the cause of the Opium War was a **conflict** between two cultures. 有些歷史學者說，鴉片戰爭的起因是兩種文化的衝突。

6. The violence was a result of ethnic **conflicts**. 暴力事件是種族衝突的結果。

7. The government is trying to resolve the **conflict** over civil servants' pay. 政府正努力解決有關公務員薪酬的矛盾。

8. This training programme will help public officers develop **conflict** management skills. 這課程培養官員處理衝突的能力。

至於 contention，則是 "不可數" 的；如果要指一件惹爭論的事，可說 **a bone of contention**：

9. He was glad to live a quiet life free from **contention** after his retirement. 他退休後樂於過着寧靜的沒有爭吵的生活。

10. The "offsetting arrangement" of mandatory provident fund contributions has always been **a bone of contention** between employers and employees. 強積金 "對沖安排" 是僱主和僱員長期爭論的問題。

一個比較概括的說法是 disagreement，意見分歧，無論是輕微的或嚴重的。例如：

11. There appeared to be serious (some minor) **disagreement** between the two partners. 兩個合夥人之間似乎出現了嚴重的（某些輕微的）意見分歧。

12. There is considerable **disagreement** over the safety of the treatment. 這種療法是否安全，爭論很大。

很多人都熟悉特洛伊戰爭 (Trojan War) "木馬屠城" 的故事。在希臘神話裏，這長達十年的戰爭是紛爭女神厄里斯 (Eris, goddess of strife and discord) 引起的：她拋出一個寫着 "給最美麗的女神" 的金蘋果，引得三個女神互相爭奪；她們找特洛伊王子 Paris 當裁判，Paris 把金蘋果獎給愛神 Aphrodite，其他兩個女神一怒之下，便施毒計滅了特洛伊。今天，紛爭女神似乎沒有休息，在世界各地不斷播種 strife and discord，在香港也不例外。

Strife 和 discord 都是紛爭、不和；由上述神話而來的 apple of discord，表示引起爭端的事：

13. Our society is torn apart by **strife**. 我們的社會被紛爭撕裂了。

14. The right to host the next Olympic Games has become **an apple of discord** between the two countries. 這兩個國家為爭奪下屆奧運會的主辦權而結怨。

30 堅決維護

在中國的官方文件裏，"堅持"是使用最頻繁的詞語之一；譯成英文，最常見的是 uphold，如 uphold the principle of "one country, two systems"，堅持一國兩制；uphold the rule of law，堅持依法治國；uphold and develop socialism with Chinese characteristics，堅持和發展中國特色社會主義。

堅持、維護某些原則、規條或者信念，就說 uphold；除了以上的例子，還可參考以下用法：

1. We believe that traditional values **should be upheld**. 我們認為應堅持傳統的價值觀。

2. She tried to stay calm and **uphold** her dignity. 她盡量保持鎮定，維護自己的尊嚴。

"擁護"也可以用 uphold 表示：

3. When assuming office, members of the Legislative Council must swear to **uphold** the Basic Law. 立法會議員就職時須宣誓擁護基本法。

有時，幾個"堅持"會接連出現，例如"堅持人民民主專政，堅持社會主義道路，堅持改革開放"。這幾句話翻譯成英文，官方譯法是："adhere to the people's democratic dictatorship, follow the socialist road and persist in reform and opening-up"；幾個"堅持"譯法不同，以避免重複。

這裏的 adhere to 和 persist in 都是"堅持"的意思。不過，uphold 的東西一定是正面的；adhere to 或 persist in 的事情，卻可以是正面、也可以是負面。例如：

4. We **should adhere to** our original purpose. 我們應堅守初衷。（正面）

5. Hong Kong **is** still **adhering to** its examination-oriented education system. 香港仍維持考試主導的教育制度。（負面）

6. He **persisted in** his search for the truth. 他堅持對真理的追求。（正面）

7. You **shouldn't persist in** blaming yourself for what happened. 你不應為已發生的事不斷自責。（負面）

另有兩個字可用來表示維持、保持：maintain 和 sustain。一般地，uphold 說的是堅持原則、理念，而 maintain 或 sustain 指的是要使已存在的事物或狀況延續下去：

8. The government's main purpose is to **maintain** stability and prosperity. 政府的主要目的是維持穩定繁榮。

9. She **maintained** a dignified silence. 她有威嚴地維持緘默。

10. Governments are looking for ways to **sustain** economic growth. 各國政府都在尋找維持經濟增長的方法。

"可持續發展"是 sustainable development；"持續的經濟增長"是 sustained economic growth。當我們珍惜或重視的事物受到威脅，我們要起來保護它，不讓它受損害，就叫做"捍衛"，可以說 defend、protect 或 safeguard。

正在受到襲擊或者面對威脅時，可說 defend：

11. The union **is defending** the rights of the workers. 工會在捍衛勞工的權利。（意味着這些權利可能被侵犯。）

預防性的保護或保障，則說 protect 或 safeguard：

12. The new law **protects**（或 **safeguards**）the rights of the workers. 新法例保障了勞工的權利。（有了新法例，勞工的權利便不會被侵犯。）

13. It is the duty of citizens of the People's Republic of China to **safeguard** the unification of the country and the unity of all its nationalities. 中華人民共和國公民有維護國家統一和全國各民族團結的義務。

31 促進鼓勵

除了"堅持"之外,"促進"和"推動"也是在中國官方文件裏常見的詞語。動詞 promote,就是促進或推動的意思,如 promote recycling 推動循環再用,promote social fairness and justice 促進社會公平正義,promote world peace 促進世界和平。

1. China **will** actively **promote** international cooperation through the Belt and Road Initiative. 中國將積極促進"一帶一路"國際合作。

商品的促銷,也叫 promote:promote a new product 是推銷新產品;相關名詞 promotion,即促銷活動或宣傳廣告,常簡稱為 promo,如電台為新節目製作的宣傳短片或聲帶,可叫做 a promo for the new programme。

"提倡"或"倡導"是"促進"的近義詞,可說 advocate,例如 advocate fewer government controls on business 提倡政府減少對商業活動的管制,advocate green economy 提倡綠色經濟。

以下句子來自中國的官方文件,當中都包含"促進"和"倡導"的同義或近義詞,英文也是官方的譯法:

2. China **champions** the development of a community with a shared future for mankind, and **has encouraged** the evolution of the global governance system. 中國倡導構建人類命運共同體,促進 全球治理體系變革。

3. We **will support** innovation by small and medium-sized enterprises and **encourage** the application of advances in science and technology. 我們支持中小企業創新,促進科技成果轉化。

4. China **will support** multilateral trade regimes and work to **facilitate** the establishment of free trade areas and build an open world economy. 中國支持多邊貿易體制,促進自由貿易區建設,推動建設開放型世界經濟。

這些句子裏的動詞 champion、encourage、support 和 facilitate,

意思相近，表示"提倡"、"鼓勵"、"支持"和"促進"。

當名詞時，champion 是"冠軍"、"優勝者"，勝出比賽的人；當動詞就有"提倡"、"捍衛"的意思，例如：

5. She **has** always **championed** the cause of women's rights. 她一直致力提倡女權。

Encourage 最常用的解法是鼓勵（某人做某事），例如：

6. My parents **encouraged** me to set up my own business. 父母鼓勵我創業。

鼓勵也有提倡、促進的意思：

7. We **encourage** saving money for retirement.（或 We **encourage** people to save money for their retirement.） 我們鼓勵（或提倡）儲蓄防老。

8. The new curriculum **encourages** critical thinking. 新課程鼓勵（或促進）學生獨立思考。

Support 是支持，也可解作鼓勵、擁護：

9. The Conservative Party **supports** free enterprise. 保守黨擁護自由企業。

以上句子中除了例 6，幾個動詞 champion、encourage 和 support，可以交換使用，雖然意思略有差別。

Facilitate 也是促進，特別是指提供條件使某些事情更為便利，或更容易發生：

10. The new trade agreement **should facilitate** economic growth. 新的貿易協定應會促進經濟發展。

如果說支持一個人或者他的主張，除了 support，也可說 endorse 或 back：

11. I **can endorse** your opinion wholeheartedly. 我可以毫無保留地支持你的主張。

12. If you will stand out against the management, we **will back** you all the way. 如果你願意站出來反對管理層，我們會給你支持到底。

32 不敢苟同

表示"反對"，最常用的動詞是 object 和 oppose。兩字的使用文法不同；object 是"不及物動詞"（intransitive verb）；後面不帶賓語時，是"提出反對"的意思，例如：

1. If nobody **objects**, the meeting will be held next week. 倘無人反對，會議下星期舉行。

如果要表示反對某事，要說 object to，例如：

2. Many teachers **object to** the new curriculum. 很多教師反對新課程。

3. The chairman **objected to** inviting the press. 主席反對邀請傳媒。

跟 object 不同，oppose 是"及物動詞"，可以表示反對某人或某事，例如：

4. We **oppose** terrorism in all its forms. 我們反對一切形式的恐怖主義。

5. We are willing to communicate with those who **oppose** us. 我們願意和反對我們的人溝通。

Oppose 的另一個用法是把過去分詞 opposed 用作形容詞，表示"持反對意見的"；這時後面要加上 to。如以上 例 2 和 例 4 可以分別改寫如下，意思跟原句差不多：

6. Many teachers **are opposed to** the new curriculum. 很多教師反對新課程。

7. We **are opposed to** terrorism in all its forms. 我們反對一切形式的恐怖主義。

另一個表示反對的字 disapprove，用法又不同，後面要跟 of：

8. He strongly **disapproves of** the changes we propose. 他強烈反對我們提出的改革。

要注意，approve 如果作為 disapprove 的相反詞，即解作"贊同"，用法和 disapprove 一樣，後面要有 of。但 approve 也可用來表示"批准"、"通過"，這時卻是及物動詞。試比較：

9. Several committee members **approved of** the changes we proposed. 有幾名委員贊同我們提出的改革。

10. The committee **approved** the changes we proposed. 委員會通過了我們提出的改革。

至於 agree 的相反詞 disagree，用法和 agree 一樣，要和 with 連用，如上面 例 8 可改為：

11. He strongly **disagrees with** the changes we propose. 他強烈反對我們提出的改革。

跟某人意見不合，也可以用 disagree with 表示：

12. I never **disagree with** my boss. 我從來不會對老闆的意見有異議。

13. They can communicate even when they strongly **disagree**. 即使極不同意對方的意見，他們仍可溝通。

動詞 differ 也可以用來表示 (和某人) 持不同意見。例 12 和 13 裏的 disagree，可以換作 differ。另外，要有禮貌地表示不同意對方，一般會說：

14. I beg to **differ**. 對不起，我不敢苟同。

對主流的、官方的或權威的看法表示異議，可說 dissent from，例如：

15. Only two ministers **dissented from** the official view. 只有兩位部長與官方持不同觀點。

港人很熟悉兩個用來表達不滿的字，protest 和 complain；protest 是抗議，即公開表示反對；要指出反對甚麼，用 against：

16. Students took to the streets to **protest against** the new curriculum. 學生上街抗議新課程。

Complain 是投訴，對某人或某事表示不滿。可以有 complain of、complain about 或 complain against 三種說法：

17. The defendant **complained of** intimidation during the investigation. 被告人投訴在調查期間受到恐嚇。

18. Many people **complain about** the high cost of housing. 很多人不滿樓價太貴。

19. The protesters **complained against** the police officer. 示威者投訴該警官。

最後，批評 criticize 也是表示反對的一種方式：

20. Environmental groups **criticised** the reclamation proposal. 環保團體批評填海建議。

33 互相勾結

政府和發展商共同開發新界的農地，叫做"官商合作"還是"官商勾結"？兩個或以上的個人或團體一起去做一件事，叫做"合作"；"合作"去做壞事，就叫做"勾結"。

合作，動詞是 cooperate，名詞是 cooperation；與某人合作，說 cooperate with：

1. He promised to **cooperate with** the police. 他承諾與警方合作。

2. They **are cooperating on** a new project. 他們在合作進行一項新計劃。

3. We could not have succeeded without your **cooperation**. 沒有你的合作，我們不會成功。

由 35 個已發展國家組成的"經濟合作與發展組織"（簡稱"經合組織"），英文是 Organisation for Economic Cooperation and Development，簡稱 OECD。

勾結，動詞是 collude，名詞 collusion；同樣，與某人勾結是 collude with：

4. Trump denied that his election campaign **colluded with** Russia. 特朗普否認他的競選團隊與俄國勾結。

5. Several people **colluded in** the murder. 這宗殺案有幾個人合謀。

6. People suspect that the government and the developers are in **collusion**. 人們懷疑政府與發展商勾結。

"Price collusion" 是 "合謀定價"，即若干個經營商合謀操控商品售價，是反競爭行為。

一個有趣的字是 collaborate：它可以指合作，特別是合作著書或者做研究，例如：

7. The professor **collaborated with** a student on the research paper. 教授和一個學生合作寫研究論文。

8. Professionals and amateurs gather here and **collaborate in** the making of music. 專業和業餘人士在這裏聚集，一起創作音樂。

但是，通敵、和敵人勾結，也叫 collaborate，尤其當自己的國家在和別國打仗，領土被敵軍佔領時，與敵人合作反對自己的國家就叫 collaborate with the enemy。

9. He **collaborated with** the Nazis during World War II. 他在二次大戰時勾結納粹份子。

串謀犯罪或者害人，可說 conspire 或 connive。與某人合謀，叫 conspire with；搞陰謀對某人不利，叫 conspire against：

10. Some army officers **conspired** together to overthrow the government. 有些軍人共謀推翻政府。

11. She **conspired with** her lover to murder her husband. 她串同情夫，殺害親夫。

12. They were accused of **conspiring against** the king. 他們被控搞陰謀反對國王。

Conspire 是 "謀"；connive 多是指行動，兩個或多個人一起做一些不見得光的、不道德的或不應做的事，例如：

13. Senior politicians **connived** to ensure that the union leader was not released. 一批老政客在做手腳，要使那工會領袖不獲釋放。

14. The government **connived with** big businesses to weaken employment rights. 政府與財團勾結，削弱勞工權益。

Connive at 或 connive in 是對壞事縱容，或者故意視而不見。

15. The policeman **connived at** traffic violations. 那警員對交通違例行為置諸不理。

16. If you refuse to give evidence you **will be conniving in** an injustice. 你如果不肯作供，就是在縱容不公義的行為。

最後，plot 和 scheme 用作動詞，也是搞陰謀的意思，跟 conspire 相近：

17. They **are plotting**（或 **scheming**）to get rid of the new manager. 他們在密謀趕走新經理。

18. She feels that everybody is **plotting**（或 **scheming**）**against** her. 她覺得所有人都在謀害她。

34 公平合理

在民主開放的社會中，凡事都講求公平；選舉需要公平、法律制度需要公平、貿易需要公平。公平最常用的字是 fair；例如 fair elections 是公平的選舉、a fair trial 公平的審訊、fair trade 公平貿易。對所有人一視同仁，公平公正，就叫做 fair。

Fair 也可用來表示合理的、恰當的、公道的，如 a fair deal 是一宗公道的交易，a fair price 是公道的價格。It is fair 可用於多種不同情況下，例如：

1. **It is** only **fair** that they should pay for the extra service. 他們為額外服務付費很合理。

2. **It doesn't seem fair** not to tell her about our plan. 不把我們的計劃告訴她，似乎不公道。

3. **It's not fair** on students to keep changing the timetable. 不斷改動時間表，對學生不公道。

4. **It is fair** to say that they were satisfied with your performance. 恰當地說，他們對你的表現是滿意的。

5. **To be fair**, he did better than we expected. 說句公道話，他做得比我們預期要好。

如果要說公平合理，也可以用 reasonable 或 equitable；reasonable 是合理的、恰當的：

6. They are looking for a **reasonable** solution to the dispute. 他們在為紛爭尋求一個合理的解決方案。

Equitable 是對各方面都公平，對所有人一視同仁，例如：

7. He has urged them to come to an **equitable** compromise. 他敦促他們達致公平的協議。

8. I think this is a fair and **equitable** division of responsibility. 我認為這是合理公平的分工。

不要混淆 equitable 和 equable；這兩個字很相似，只差幾個字母，但解法完全不同。Equable 如果用來形容人，就是指平和的、不容易發怒的人：

9. He is a man of **equable** temperament. 他是不容易發怒的人。

用來形容氣候，equable 就是溫和，即不會很熱或者很冷：

10. With an **equable** climate and fertile soil, the Pearl River Delta area has expansive arable lands. 珠三角地區氣候溫和，泥土肥沃，有大面積的可耕作土地。

Even-handed 也是公正的、不偏不倚的意思，特別指對待不同的人的態度：

11. Teachers must be **even-handed** in their treatment of the children. 教師對孩子要不偏不倚。

還有兩個表示不偏不倚、公正的字，是 impartial 和 unbiased。兩字意義相近；impartial 表示"不偏袒任何一方"，如 an impartial judge，一個不偏私的法官；an impartial inquiry，公正的調查；give impartial advice，提出持平的、不偏不倚的忠告。又如：

12. As chairman, you should be **impartial**. 作為主席，你應該不偏袒任何一方。

至於 unbiased，有"不受個人傾向或愛惡的影響"的意思。例如，我們同樣可以說 an unbiased judge、an unbiased inquiry、give unbiased advice 等等。又如：

13 Can anyone give an **unbiased** account of what happened yesterday? 有誰可以客觀地說出昨天發生了甚麼事？

和 unbiased 意義相近的還有 objective，客觀的、不受個人感情影響的，例如，an objective opinion，客觀的意見；an objective analysis，客觀的分析；an objective assessment，客觀的評價；an objective report，客觀的報告。

35 有欠公允

之前談過 fair 和 just 兩個正面的形容詞，是公平、公正的意思。現在談談兩字的相反詞：unfair 和 unjust。這兩個字都是貶義的；說一個人 unfair，就是指他待人處事不公平；說一件事 unjust，除了指該事不公平之外，還有指它違反了公義原則的意思。

不公平解僱是 unfair dismissal；不公平競爭，unfair competition（利用不正當手段去佔有市場）；不公平行為，unfair practice（在商業上的犯法或違規行為）。不公正的法律，an unjust law；非正義之戰，an unjust war；以不正當手段獲得的財富，unjust enrichment。以上例子都是慣用說法，其中 unfair 和 unjust 不會互換。但在有的情況下，兩字可以互換，都解作不公平或不公道的，如 unfair 或 unjust criticism，有欠公允的批評。另參考以下例句：

1. It seems **unfair** on him to make him pay for everything. 要他繳付全部費用，似乎對他不公平。

2. His access to insider information gave him an **unfair** advantage. 取得內幕資料令他佔有不公平的優勢。

3. I think this regulation is both **unfair** and **unjust**. 我認為新規定既不公平又不公義。

4. Let us rid our society of any **unjust** discrimination. 讓我們消除社會上任何不公義的歧視。

5. Life seems so **unfair** sometimes. 人生有時似乎很不公平。

6. The world can be very **unjust** sometimes. 世界有時可以很不公義。

Prejudice 作為名詞，指偏見或成見；作為動詞，是使某人懷有成見或偏見；形容詞 prejudiced 是有偏見的、帶成見的：

7. Few people will admit to **being** racially **prejudiced**. 很少有人會承認自己有種族偏見。

8. They **are prejudiced against** older applicants. 他們歧視較年長的申請人。

9. He **is prejudiced against** the new arrivals. 他歧視新來的人。

Biased 也是有偏見的、帶傾向性的、片面的；biased information，片面的信息；biased sources /press reports，有偏向的消息來源 / 新聞報道；a biased jury / witness，有成見的陪審團 / 證人。

10. The selection panel **is biased** in favour of pretty young women. 遴選小組偏愛年輕貌美的女性。

11. University funding **is biased** toward scientists. 大學撥款偏袒科學工作者。

Discriminatory 是歧視的、不公正的。A discriminatory law，一條帶歧視的法律；sexually / racially discriminatory，性別 / 種族歧視。

12. These reforms will abolish racially **discriminatory** practices. 這改革將取締種族歧視的做法。

最後談兩個字：intolerant，即不能容忍與自己不同的意見或行為；褊狹的、偏執的；bigoted，頑固地蠻不講理地堅持某種信念或主張。

13. Donald Trump is seen by most people around the world as arrogant and **intolerant**. 全世界多數人都覺得特朗普傲慢偏執。

14. The Church was criticised for its **intolerant** attitudes towards non-Catholics. 教廷對非天主教人士不包容的態度，為人詬病。

15. He was so **bigoted** he would not even shake hands with a black person. 他的歧視觀念是如此頑固，甚至不肯跟黑人握手。

16. All but the most **bigoted** partisans will accept the compromise. 所有人都接受妥協，除了政黨的死硬派。

36 發展進步

"發展"，英文 develop，這個詞十分常用，並有多個解法。香港人最熟悉的用法，大概是指土地發展，即在其上興建住宅、商場或者各類建築物。特區政府有一個部門叫"發展局"，Development Bureau，就是管土地發展的。"發展商"，developers，就是地產商。

1. This site **will be developed** by a public-private partnership. 這塊地將由公私合作發展。

政府還有另一個決策局，叫"商務及經濟發展局"，Commerce and Economic Development Bureau，這裏的"發展"就不是指發展土地，而是增長、愈來愈發達的意思；近義詞有 grow 和 expand：

2. China's economy **has developed**（或 **grown / expanded**）at a spectacular rate in the last few decades. 中國過去幾十年的經濟增長速度驚人。

3. His business **expanded**（或 **developed**）successfully. 他的生意發展得很成功。

不過要留意，economic development 是經濟發展，economic growth 是經濟增長；前者包括社會、民生各方面的進步，後者專指 GDP 的增長。此外，a developing economy 和 a growing economy 也很不同：a growing 或 expanding economy 真的是指在增長的經濟；但 a developing economy，"發展中的經濟"，其實是對較落後的經濟的委婉說法，相對於 developed economies，"已發展經濟"；參看以下句子：

4. The most common metric used to determine if an economy **is developed** or **developing** is per capita GDP. 決定某經濟體是發展中抑或已發展，最常用的標尺是人均本地生產總值。

事物由小到大、由弱到強、由簡單到複雜、由一個階段到另一階段的變化，都叫做 develop：

5. The place **has** rapidly **developed** from a small fishing community into a thriving tourist resort. 這地方由原來的小漁村迅速發展成一個繁榮的旅遊勝地。

6. These clashes **could develop** into open warfare. 這些衝突有可能演變成戰爭。

"建立關係" 的 "建立"，"發生問題" 的 "發生"，都可用 develop：

7. An important ingredient in the formula of success is the ability to **develop** positive relations with various kinds of people. 成功的一項要素，是能夠和各種人建立良好的關係。

8. A problem **developed** in the trial run of the express rail link. 高鐵試行時出了問題。

由小到大是 grow 或 expand；由落後到先進，可說 advance，是發展進步的意思：

9. Our knowledge of the disease **has advanced** considerably over recent years. 近幾年我們對這疾病的認識有很大進步。

10. The research has done much to **advance** our understanding of language learning. 這項研究大大提高了我們對語言學習的認識。

如果發展是一個漸變的過程，可以用 evolve，例如：

11. The plan **evolved** (或 **developed**) from ideas we discussed earlier with our clients. 該計劃是從我們先前和客戶談過的意念發展出來的。

12. The company **has evolved** (或 **developed**) into a major chemical manufacturer. 該公司已發展成一家主要的化工廠。

13. Each school **must evolve** (或 **develop**) its own way of working. 每間學校必須發展自己的辦學方式。

生物進化就叫 evolve；"進化論" 是 the theory of evolution。

14. These species **evolved** from a single ancestor. 這些物種由同一個祖先進化而來。

37 粗言穢語

　　立法會議事規則規定，議員在會議廳裏不得對其他議員使用冒犯性及侮辱性的言詞。冒犯性是 offensive，侮辱性是 insulting，這兩個字的解釋有些分別；offensive 的解釋比較廣泛，任何令對方反感、不高興或者難堪的說話，都叫做 offensive：

1. His comments were deeply **offensive** to single mothers. 他的評論冒犯了單身母親。

2. The programme contains language which some viewers may find **offensive**. 節目裏有些說話可能令某些觀眾覺得反感。

　　與 offensive 意義近似的詞彙有 rude、crude、indecent、foul 等，用這幾個字形容的語言或行為，都是令人反感的、冒犯的。如果一些言行被指為 rude，即是說那是不禮貌的、粗俗的；rude behaviour 是無禮的行為，rude jokes 是粗俗低級的笑話。

3. She made some very **rude** comments about my driving. 她毫不客氣地批評我的駕駛表現。

　　形容人或語言行為 crude，意思和 rude 差不多，也是指粗俗；crude language 是粗俗的語言，crude jokes 粗俗的笑話，特別是指與性有關的笑話。

　　至於 indecent，是下流的、猥褻的，與性的關係更密切；crude language 和 crude jokes 也可叫做 indecent language 和 indecent jokes；indecent conduct 是下流的行為，indecent photos 是淫照；非禮罪叫 indecent assault。

4. He taunted us in the most vulgar and **indecent** language. 他用最粗鄙下流的說話辱罵我們。

　　最後一個，foul，是骯髒的、下流的；foul language 是髒話、粗言穢語；He has a **foul** mouth. 是說他滿口粗言穢語。

　　再說 insulting，侮辱的，即把對方說成是可憎、可恥的東西；所有 insulting remarks，侮辱人的說話，都是 offensive，冒犯性的；但反過來則不一定，例如說猥褻笑話是 offensive 的，但未必是 insulting。

特朗普把一些國家叫做 "shithole countries"，是既 offensive 又 insulting 的例子。

一些和 insulting 近義的字，包括 abusive、derogatory 和 pejorative。罵人的話叫 abusive language；abusive 有極粗魯的、侮辱性的含義。

5. He got drunk and became **abusive**. 他喝醉了使用髒話罵人。

貶損、詆毀的話，可以叫 derogatory remarks 或 comments；a derogatory term 是一個帶貶義的叫法：

6. "Mysticism" is often used as a **derogatory** term to describe obscure, fuzzy thinking. 人們常把模糊曖昧的思想貶稱為"神秘主義"。

7. He refused to withdraw **derogatory** remarks made about his boss. 他不肯收回他詆毀上司的話。

另一個與 derogatory 同義的字是 pejorative，也是貶損的、輕蔑的：

8. Rather than behave like a responsible adult, the woman spoke in a **pejorative** tone to the small child. 那女人用輕蔑的口吻對小孩說話，那不是一個負責任的成年人的行為。

Derogatory 和 pejorative 兩字常可交換使用，例如：

9. I am using the word "academic" here in a **pejorative / derogatory** sense. 我這裏說"學術"，是帶貶義的。

10. Even though I had a good explanation for my being late, my employer still described my conduct in a **pejorative / derogatory** way. 儘管我的遲到有很好的解釋，僱主仍把我的行為說得很差。

38 待人以禮

offensive and insulting language 議會裏不能用，日常與人相處，也應盡量避免；禮貌和尊重是待人之道。有禮貌是 polite，可形容人，如 a polite young man 有禮貌的年輕人；也可形容言行，如 a polite nod 禮貌的點頭，a polite reply 客氣的回應。

1. We should be **polite** to our guests. 我們對客人要有禮貌。

2. Everybody was too **polite** to take a seat. 人人都很客氣，沒有人坐下。

有時 polite 也可表示沒有誠意的客氣，例如 polite applause，禮貌的鼓掌；a polite excuse，禮貌的解釋或借口；polite conversation，客套的談話。又如：

3. He said he enjoyed my performance but I knew it was a **polite** lie. 他說很喜歡我的演出，不過我知道他只是客氣，不是說真話。

例 2 和 3 裏的 polite 是 "客氣"；但如果要說 "不要客氣"，不能說 "Don't be polite."；在各種場合表示 "不要客氣"，有不同的恰當說法，這裏不談。

以上各例句中的 polite，都可以用 courteous 代替，雖然 polite 較常用；courteous 也是有禮貌，通常並帶有尊敬的意思，如 a courteous young man 是有禮貌、態度恭敬的年輕人。

和 courteous 相關有兩個名詞，courteousness 和 courtesy；courteousness 與 politeness 同義：

4. We should treat our guests with **courteousness** / **politeness**. 我們要以禮待客。

這裏的 courteousness 也可換作 courtesy；但 courtesy 還有若干特別的用法，例如指一項禮貌的行為：

5. By extending the **courtesy** of a phone call to my clients, I built a personal relationship with them. 通過打電話這個禮貌行為，我和客戶建立個人關係。

詞語 "courtesy of" 有以下用法：

6. The questionnaire is reproduced here **courtesy of** the author. 經作者同意，該問卷複製在此。

7. The waitress served champagne, **courtesy of** the hotel. 女侍應送上香檳，是酒店招待的。

禮節性拜訪叫 courtesy call 或 courtesy visit；酒店免費接送住客的穿梭巴士，叫 courtesy shuttle。這裏 courtesy 是形容詞。

以下幾個都是 polite 的近義詞：civil、cordial、respectful、deferential 和 diplomatic，表示不同性質的禮貌；civil 指的禮貌，可能是勉強的、冷漠的：

8. As visitors we had to be **civil** to the people in their own land. 作為外來人，我們要對當地人客氣一點。

9. She's so annoying that it takes a lot of patience to remain **civil** to her. 她很討厭，對她保持禮貌需要很大的耐性。

Cordial 是 courteous 加 friendly，有親切熱誠的意思；例如 a cordial reception 是熱情的接待，一些正式的邀請會說 We **cordially** invite you. 或 You are **cordially** invited.。

Respectful 是尊敬地有禮；deferential 則是誇張的、過份的恭敬：

10. Everybody made a **respectful**（也可說 polite 或 courteous）bow to the chairman before sitting down. 人人在坐下前先向主席禮貌地鞠躬。

11. He expects to be respected, but he won't like it if you're too **deferential**. 他要人尊重，但不喜歡你過份恭敬。

最後，diplomatic 是 "外交式" 的禮貌：小心謹慎，避免說錯話開罪人，例如：

12. You were too direct when talking to your boss; I would have been more **diplomatic**. 你對老闆說話太直率了；我會圓通一點。

39 無知無邪

　　前國家主席江澤民曾在電視鏡頭面前批評香港記者 "too young, sometimes naive"，讓許多人都注意了 naive 這個字。這字用作貶詞，是幼稚無知、頭腦簡單的意思，例如：

1. I can't believe you were so **naive** as to trust him. 我不能相信你竟幼稚得信任他。

　　Naive 也可用來形容事，如 a naive question 是幼稚的問題。當 naive 解作頭腦簡單，近義字有 gullible 和 credulous，都是貶詞，即輕信別人、容易受騙的，例如：

2. The **gullible** public believed whatever the media said. 傳媒說甚麼，易騙的公眾便信甚麼。

3. Quack doctors easily charmed money out of the pockets of **credulous** health-hungry citizens. 緊張健康而輕信江湖郎中的市民，口袋裏的錢很易被騙去。

　　如果要說特別容易相信某些事物，或者容易受某些事物影響，可以用 susceptible to：

4. He is highly **susceptible to** flattery. 他很易被恭維話哄倒。

5. Young people are the most **susceptible to** advertisements. 年輕人最易受廣告影響。

　　表示頭腦簡單的字，還有 simple-minded 和 unsophisticated；simple-minded 指低智力的、愚蠢的：a simple-minded person 是頭腦簡單的人，a simple-minded approach 是笨方法。至於 unsophisticated，如果形容人，指入世未深而不懂世故，或者沒有受過教育而思想簡單；形容事，就是簡單的意思，如 unsophisticated equipment 是簡陋的設備，unsophisticated tastes 是簡單的品味。

6. An **unsophisticated** first-time candidate won the election. 一個沒經驗的首次參選者贏了選舉。

7. It was music which **unsophisticated** audiences enjoyed listening to. 那是品味一般的聽眾喜歡的音樂。

以上各例句所用的形容詞，都是帶貶義的。

但 naive 不一定用作貶詞；有時它會用來表示天真、單純的，帶有正面的含義，例如說 a naive child，天真的小孩；又如在以下句子裏：

8. Their approach to life is refreshingly **naive**. 他們的生活態度天真純樸，令人耳目一新。

同樣，unsophisticated 有時也可用來表示純真、不做作的，是正面的、值得欣賞的品質：

9. He is a good chap, boyish and **unsophisticated**. 他是很好的小伙子，孩子氣而單純。

要表示天真或者單純，作為正面的品質，可以用 innocent、artless、guileless 或 ingenuous；innocent 是天真無邪的意思，和例 8 的 naive 以及例 9 的 unsophisticated 相近；artless 是單純，guileless 是厚道，都是不會裝模作樣、不會弄虛作假的意思：

10. The **artless** sincerity of a young child cannot be pretended. 幼童的天真爛漫是不能偽裝的。

11. He respects all teachers with a **guileless** trustfulness. 他懷着純樸的信任尊敬所有老師。

至於 ingenuous 是單純、老實，本是良好的品質，但有時也會用來表示負面的意思，和 simple-minded 接近，例如：

12. You are too **ingenuous**. 你太老實了。

13. It is **ingenuous** to suppose that money did not play a part in his decision. 如果以為他的決定沒有金錢因素，就想得太簡單了。

注意不要把 ingenuous 跟只差一個字母的 ingenious 混淆：ingenious 是另一個字，解作精巧的、巧妙的，如 an ingenious cook 是巧手的廚師，an ingenious device 是巧妙的裝置。

40 叛逆難教

家長最大的煩惱，是子女不聽教不聽話。動詞 obey 即服從、聽話；disobedient 就是不服從的、不聽話的。

1. She spoke with the tone of a mother to a **disobedient** child. 她說話時，用的是母親對不聽話的孩子說話的語氣。

2. They were never merciful to **disobedient** members. 對不服從的成員，他們從不寬恕。

說孩子"百厭"、"頑皮"、"淘氣"，"喜歡作弄人家，但沒有惡意"，可以用 mischievous 或 naughty：

3. The **mischievous** children hid from their parents when it was time to go home. 要回家的時候，頑皮的孩子躲起來不讓父母找到。

4. The **naughty** schoolboy threw a snowball at his teacher. 頑皮學生向老師擲雪球。

如果用 naughty 來形容一個成年人或者他的行為，是調皮的說法，指他在處理男女關係上不檢點，或者不"正經"。

孩子漸漸長大，會開始反叛，不肯接受約束；這可叫 rebellious 或 defiant：

5. Many parents find their children **rebellious** when they reach adolescence. 很多家長發現子女踏入青春期便會反叛。

Defiant 有不服氣的、要反抗的意思，例如：

6. She turned towards me with a **defiant** look. 她轉過來以不服氣的眼光望着我。

另一組近義詞是 wilful、headstrong、refractory 和 wayward。說一個人 wilful，即是說他很任性、固執，不肯聽別人勸告；headstrong 和 wilful 差不多，即堅持己見，不管是否有道理；說一個人 refractory，是指他自把自為、很難駕馭或應付；wayward 更惡劣，固步自封、目中無人，完全不顧他人的意見和感受。

7. She was always **wilful**, even as a child. 她自小已很任性。

8. His **headstrong** insistence on driving despite dangerous weather conditions put everybody in jeopardy. 他固執地堅持在惡劣天氣中駕駛，危及所有人。

9. James was a **refractory** and disobedient child from the very cradle. 詹姆士從搖籃裏開始已經是難教的不聽話的孩子。

10. Their **wayward** son came home begging for forgiveness for his past misdemeanours. 他們任性的兒子回到家裏，乞求寬恕他過去的不當行為。

上面的形容詞 wilful，用來形容行為，指惡意的、故意做成傷害的，例如 wilful damage 是蓄意破壞，wilful neglect 是故意的疏忽，wilful murder 是蓄意謀殺。

不論是孩子或者成年人，沒有秩序、不守規矩、難以管教，都可以叫做 unruly、disorderly 或 undisciplined：

11. The new teacher is unable to deal with the **unruly** class. 新教師應付不了那難管的班級。

12. The meeting was disrupted by **disorderly** members. 會議被破壞秩序的議員打斷。

13. A group of noisy and **undisciplined** students refused to go into the classroom. 一羣吵鬧不守秩序的學生不肯進入課室。

至於在一個機構裏不服從上級的指揮，抗命、犯上，可用 recalcitrant 或 insubordinate：

14. A few **recalcitrant** members can make it very difficult for the chairman to maintain order. 幾個不受管的議員就可以令主席難以維持秩序。

15. I cannot allow any team member, no matter how able, to be **insubordinate**. 我不能容許有任何隊員不聽命令，不論他多能幹。

41 溫良馴服

之前談過頑皮、反叛，現在來談談聽話、馴服。不聽話是 disobedient，相反詞 obedient 就是 "聽話聽教" 的意思。

1. If all the children were as **obedient** as she is, the class would be much easier to manage. 如果所有孩子都像她那樣聽話，這個班就易管教得多了。

另一個字 amenable 也是聽話、順從其他人的意見。

2. They had three very **amenable** children. 他們有三個很聽話的孩子。

3. He seemed most **amenable** to my idea. 他似乎對我的想法十分佩服。

自名詞 duty 解作責任或義務，衍生的形容詞 dutiful 是盡責的意思，也可解作我們中文說的孝順；對父母孝順，就是盡了自己作為子女應盡的責任，首先要聽從父母的話。所以，a dutiful daughter（son）就是孝順的女兒（兒子）。除了解作 "孝順"，dutiful 也可解作（對某人）"順從"、"恭敬" 的：

4. She did what she thought a **dutiful** wife should do. 她做了她認為賢淑的妻子應做的事。

動詞 comply 是遵從、服從、順從；由它而來的形容詞 compliant，用來形容人，指千依百順、俯首帖耳，就是過份聽話；dutiful 是正面的，compliant 一般用法是負面的。

5. We should not be producing **compliant** students who do not dare to criticise. 我們不應當把學生培養成不敢批評的唯唯諾諾的人。

這裏說的 compliant students，就是只懂得唯唯諾諾，老師叫他們怎麼做他們便怎麼做，不敢提出不同的意見。

與 compliant 近義的字有 submissive 和 docile，解作 "馴服的"、"唯命是從的"、"容易控制的"：

6. Most doctors want their patients to be **submissive**. 多數醫生都要他們的病人完全聽話。

7. She followed him like a **docile** child. 她對他千依百順，像個馴服聽話的孩子。

上面幾句裏的 compliant、submissive 和 docile，可以交換使用，意思相差不遠。其中 docile 也可以用來形容動物，如 a docile horse 是一匹馴良的容易駕馭的馬。

還有幾個更加負面的字：subservient、obsequious、servile、fawning 和 abject，都有卑躬屈膝、唯命是從或者阿諛奉承的意思，用法可參考以下例子：

8. The press was accused of being **subservient** to the government. 新聞界被指一味迎合政府的旨意。

9. He was positively **obsequious** to me until he learned that I too was the son of a labouring man. 他肯定是對我阿諛奉承，直至他知道我也是一個工人子弟。

10. He was surrounded by **servile** flatterers and could not hear any criticism. 他被一羣獻媚的奴才包圍，聽不到批評。

11. They were accused of **fawning** on the rich and despising the poor. 他們被指巴結富人，看不起窮人。

12. The officer's abject apology to the public infuriated his subordinates. 官員對公眾低聲下氣的道歉，令他的下屬憤怒。

以上最後一個形容詞 abject 有兩個解法：除了如例 12 中的 "低聲下氣"、"卑躬屈膝"，另可解作 "悲慘的"、"絕望的"、"十分惡劣的"，如 abject poverty 是赤貧，abject failure 即慘敗。

42 冷酷無情

　　特朗普早前推行的 "零容忍" 移民政策，zero-tolerance immigration policy，連小朋友也要被扣留，引起了廣泛的批評。有些人形容這個政策是 inhumane and cruel；inhumane 和 cruel 兩個字的意思相近，都是指殘忍的、對其他人的痛苦無動於衷的。例如 inhumane treatment of prisoners 即不人道地、殘忍地對待囚犯；inhumane treatment of animals，對動物殘忍。又如：

1.　He was living under **inhumane** conditions. 他過着非人生活。

　　近義詞 cruel，可以形容人，也可形容行為。例如 a cruel tyrant，一個殘忍的暴君；cruel words，對人有意傷害的說話。

2.　I can't stand people who are **cruel** to animals. 我不能容忍虐待動物的人。

　　近似字還有 brutal 和 vicious，指殘忍中帶粗暴、暴力：brutal 是殘暴的、野蠻的，例如 a brutal attack 是殘暴的攻擊，a brutal murder 是一宗兇殘的謀殺，a brutal beating 是一場毒打。Vicious 是指惡意的、刻毒的，亦有粗暴的意思；a vicious criminal 是兇殘的罪犯。前面說的 brutal attack 也可說 vicious attack。

3.　The old lady suffered a **vicious** attack by a gang of youths. 老太太被一幫青年惡意襲擊。

4.　The **brutal** suppression of student protests only made the government more unpopular. 對學生抗議的粗暴鎮壓，令政府更失人心。

　　另一個字 harsh 也可以解作 "殘酷的"、"無情的"，與 cruel 近義，例如虐待囚犯也可以說 harsh treatment of prisoners。

5.　Do you think the punishment for the students was too **harsh**? 你覺得對學生的懲罰過苛嗎？

6.　The **harsh** treatment of slaves was very common in those days. 在那些日子，虐待奴隸十分常見。

7.　You'll have to face up to the **harsh** realities of life sooner or later.

你遲早要正視生活的嚴酷現實。

冷酷無情的、沒有同情心的，又可叫 callous，例如 a callous killer 是冷血殺手；callous disregard for human life，冷酷地漠視生命；callous disregard for the feelings of others，對其他人的感受置諸不理、無動於衷。

8. You must learn to take care of yourself in a cold and **callous** world. 你要學會在冷酷無情的世界裏照顧自己。

9. The frequency of the punishment has made him **callous** to the disgrace and the pain. 被罰得多了，令他對恥辱和痛苦都麻木不仁。

近似字還有 heartless、hard-hearted、merciless 和 pitiless；heartless 也是解作"無情的"、"殘忍的"，hard-hearted 即是"硬心腸"、"鐵石心腸"。

10. You would have to be **heartless**（或 **hard-hearted**）not to be moved by the newsreels of the starving children in Africa. 看了非洲孩子挨餓的新聞片都不為所動，就太沒同情心了。

Merciless 和 pitiless 都是即毫不留情的，一點憐憫心也沒有的：a merciless / pitiless killer，冷血殺手；the merciless 或 pitiless heat of the sun，太陽的酷熱；cruel / harsh / merciless / pitiless weather conditions，極端惡劣的氣候。

11. He hated himself for the thought, but it haunted him with a **merciless** persistence. 那念頭毫不留情地纏着他，雖然他為此感到自責。

12. He saw the **pitiless** eyes of his enemy. 他看到敵人無情的目光。

43 宅心仁厚

之前說了 inhumane，殘忍的、不人道的；刪去了這個字的否定前綴 in-，就是 humane，即仁慈的、合乎人道的、善良的，是一個正面的字。如果說我們這個社會是 a caring and humane society，即是一個充滿關懷、仁愛的社會。虐待是 inhumane treatment，人道地對待就是 humane treatment：

1. Activists began to campaign for **humane** treatment of the mentally ill in the mid-nineteenth century. 十九世紀中，活動份子開始爭取對精神病患者的人道對待。

不要把 humane 與 human 混淆；human 作為名詞指人類，作為形容詞是"人的"，如 human life 是人命，human weaknesses 是人性的弱點；human 也可用來表示"有人情味的"，例如：

2. The public is always attracted to politicians who have the **human** touch. 公眾總是喜歡平易近人的（"有人味的"）政治人物。

一個也是從 human 衍生的、意思和 humane 相近的字是 humanitarian，是人道主義的；例如，humanitarian aid to the war zone 是對戰爭地區的人道主義援助。又如：

3. They are calling for the release of the hostages on **humanitarian** grounds. 他們以人道主義理由，要求釋放人質。

4. The expulsion of thousands of people from their land was a **humanitarian** catastrophe. 驅逐成千上萬的人離開家園，是人道主義的巨大災難。

另一個大家應當很熟悉的字是 charitable，最常見於 charitable organisations 或 charitable institutions，慈善機構；a charitable foundation 是慈善基金；charitable work 是慈善工作。

5. Tax deduction can be claimed for **charitable** donations. 慈善捐款可申請扣稅。

Charitable 這個字也可解作"對人寬容"、"厚道"、"不刻薄的意思"，例如：

6.　Let's be **charitable** and assume she just made a mistake. 我們寬厚一點，就當她弄錯了吧。（即假設她沒有惡意。）

形容仁慈、慷慨、大方，也可用 generous、benevolent 或 magnanimous；generous 是樂於為他人付出很多（通常是金錢，也可以是其他東西如時間、精力），例如：

7.　He was always **generous** in sharing his knowledge. 他隨時樂意分享他的知識。

A generous benefactor 是慷慨的捐助者；a generous gift 是厚禮，很大的禮物。

Benevolent 通常用來形容上司或者管理層對下屬的仁厚愛護，例如：

8.　The company has proved to be a most **benevolent** employer. 這家公司的表現說明它是良好僱主。

至於 magnanimous 是特別用來表示對敵人或對手的寬宏、大量；輸了不會埋怨對手，可說是 a magnanimous loser。

9.　It is easier to be **magnanimous** to your opponents when you have won than when you have lost. 贏了便容易對自己的對手大方；輸了沒那麼容易。

再說幾個表示仁愛的近義字：複合字 kind-hearted 是善心的、仁慈的，a kind-hearted lady / gentleman 是心地很好的人；philanthropic 也是慈善的、博愛的、樂善好施的意思，慈善機構也可叫 philanthropic organisations；altruistic 是利他主義的，助人為樂的。

10.　He is a good doctor, and a **philanthropic** one. 他是個醫術很好且有善心的醫生。

11.　We hope some **altruistic** billionaires will attend our fund-raising dinner. 我們希望有些樂善好施的富豪會出席我們的籌款晚宴。

44 苛捐雜稅

　　近期的新聞報道經常提到的"貿易戰"，就是兩個國家互相向對方的進口商品徵收關稅。這裏談談幾個與徵稅有關的名詞。首先有大家熟悉的 tax；據說 Benjamin Franklin（富蘭克林，美國開國元勛之一）有此名言：

1. Nothing can be certain except death and **taxes**. 沒有甚麼是肯定的，除了死亡和繳稅。

　　不同的稅都叫做 tax，如所得稅是 income tax，利得稅 profit tax，薪俸稅 salary tax，物業稅 property tax，汽車首次登記稅 motor vehicle first registration tax。

2. The government is levying a **tax** on vacant first-hand residential properties to combat the hoarding of flats. 政府向一手住宅樓宇徵收空置稅，以打擊囤樓。

　　說到關稅，最常用的字是 customs：

3. The company has to pay **customs** on all imported goods. 公司須為所有進口貨物繳納關稅。

　　要注意 customs 這字解作"關稅"時，後面一定有 s，但它是"不可數的"（uncountable），後面跟着的動詞要用單數。Customs 的另一個解法是海關，going through customs 是通過海關，a customs officer 是關員，a customs declaration 是報關聲明。

4. You have to open your suitcase for **customs** inspection. 你要打開行李箱給海關檢查。

　　香港海關可叫 Hong Kong Customs（全名是 Hong Kong Customs and Excise Department，是跟從英國的叫法）。

5. Hong Kong **Customs** has seized a large quantity of heroin. 海關查獲了大量海洛英。

　　Excise 也是稅收，通常是指一個地方向境內貨物的徵稅；excise 不可數，沒有複數式。

6. There has been a sharp increase in vehicle **excise**. 機動車消費稅

劇增。

關稅 customs 又可叫做 customs duty 或 customs duties；duty 的一個解法也是稅，尤指進口貨物繳納的關稅。旅客出境時可購買的免稅貨品，叫 duty-free products；免稅店 叫 duty-free shops。Duty 是可數的，可以加 s 成 duties。有些其他稅收也叫 duty，如 stamp duty 印花稅，betting duty 博彩稅，estate duty 遺產稅。

另一個表示關稅的字是 tariff，是可數的，可以加 s 的；這個字在貿易戰新聞中經常出現。

7. The Trump administration plans to offer billions in aid to farmers hit by **tariffs** on their goods. 特朗普政府打算為受農產品關稅影響的農民提供數百億元資助。

世界貿易組織 World Trade Organization (WTO) 的前身是關稅暨貿易總協定 General Agreement on Tariffs and Trade (GATT)。

最後談談 levy：這個字的含義最籠統、最廣泛；所有徵費，包括以上提及的各項稅收，都可叫做 levy。以下兩例子中，levy 和 levies 用來代替同義的 tax 和 tariffs，以避免文字重複：

8. The House voted to repeal an excise tax on medical devices, showing bipartisan support for eliminating the **levy**. 國會通過廢除醫療器材稅，顯示兩黨一致支持取消該稅項。

9. American manufacturers supported import tariffs on appliances produced overseas but much of the benefit was countered by the effect of **levies** on steel imports. 美國的製造商支持對進口的海外製造用品徵收關稅，但他們從中得到的利益，大部份被進口鋼材的徵稅抵消了。

45 以食為天

吃，是維持生命的需要。表示吃的常用字 eat，有幾種不同的用法，例如：

1. I don't **eat** meat; I'm a vegetarian. 我不吃肉；我是吃素的。

2. He was too nervous to **eat**. 他緊張得甚麼都吃不下。

3. Where shall we **eat** tonight? 我們今晚到哪兒吃飯？

例 1 裏的 eat 就是 "吃"，例 2 裏的 eat 是 "吃東西"，例 3 裏的 eat 是 "吃飯"。

有很多含有 eat 這個字的成語。如果你說 I'll eat my hat if he passes the examination，即是你認為他考試一定不會合格；又如果一個人要 eat his words，即是他要收回說過的話。

動詞 consume 一般解作消費，但也可用來表示食用或飲用，例如實驗室裏會有這樣的告示：

4. Food and beverages **should not be consumed** in the laboratory. 實驗室內不准飲食。

當然也可以簡單地說 Eating and drinking are not allowed in the laboratory.

以下兩句裏的 consume，是 eat 的同義詞：

5. It is not the root of the plant that we **consume**. 我們吃的並不是植物的根部。

6. People **consume** a good deal of sugar in drinks. 人們在飲品裏吃了大量的糖。

另一個同義詞字是 ingest，是科學術語，可譯作攝入、攝取，也是吃的意思，如

7. Scientists are studying the side effects occurring in fish that **ingest** this substance. 科學家正研究吃了這物質的魚類身上出現的副作用。

如果你想說別人吃東西時狼吞虎嚥，可以用 bolt、devour、wolf 或 gobble。

通常用作名詞指閂閂的 bolt，可以做動詞，指吃得很快、很匆忙：

8. **Don't bolt** your food; you'll get indigestion. 不要吃得太快，你會消化不良的。

第二個字 devour，是大口大口地吃：

9. The wolf that runs away from a lion **will devour** a lamb the next moment. 剛從獅子口裏逃脫的狼，立即便吞噬了一隻羊。

解作 "狼" 的 wolf 也可作動詞，表示貪婪地、大口地吃；wolf down 表示把東西很快吃個乾淨：

10. Hotels are full of rich people **wolfing** expensive meals. 酒店裏滿是富人，不吝嗇地吃大餐。

11. He **wolfed down** the rest of the biscuit and cheese. 他把剩下的餅乾和乳酪吃光了。

Gobble 也是吃得很快、狼吞虎嚥的意思；當一個很饑餓的人遇到食物，就會 gobble；把食物很快吃光，可以說 gobble up 或者 gobble down。

12. They **gobbled down** all the sandwiches. 他們幾口就把三文治全吃光了。

13. There were dangerous beasts in the river that might **gobble you up**. 河裏有危險的野獸，會一口把你吃掉。

如果一個人很喜歡吃某種東西，貪婪地、沒有節制地吃個不停，可說 gorge on：

14. She could spend each day **gorging** on chocolate. 她可以天天不停地吃巧克力。

形容詞 voracious，副詞 voraciously，可用來形容貪吃的、狼吞虎嚥的樣子。

另一方面，與狼吞虎嚥相反，細細嚼、慢慢嚥，可用 nibble 或 nibble at：

15. We sat drinking wine and **nibbling** olives. 我們坐在那兒，喝着葡萄酒，嚼着橄欖。

16. She took some cake from the tray and **nibbled at** it. 她從盤子裏拿了塊蛋糕，慢慢地吃着。

46 細嚼慢嚥

我們吃東西，要經過三個步驟：一、咬，把食物咬到嘴裏；二、嚼，用牙齒把食物嚼碎；三、吞，把嚼碎了的食物吞嚥。這裏就談談和這三個動作有關的字。

咬，最常用的字是 bite，例如：

1. He **bit off** a large chunk of bread. 他咬下了一大塊麵包。

2. She **was bitten** by her own dog. 她被自己養的狗咬傷了。

蚊子叮人也叫 bite，雖然嚴格來說蚊子不是 "咬" 人的。

3. We **were bitten** by mosquitoes when we went out in the evening. 我們晚上外出便被蚊子叮。

很多常見的成語含有 bite 這個字，例如 bite the dust 是失敗，又可表示死的意思；bite the bullet 是咬緊牙關去接受或應付艱難的情況；bite your tongue 是忍着口不說話。又如：

4. **Do not bite** the hand that feeds you. 不要傷害對你有恩的人 (恩將仇報)。

5. Dead men **don't bite**. 人死了便不能傷害其他人。

如果表示用牙咬東西，不一定是咬進嘴裏，可以說 gnaw；不住地咬，可以說 gnaw at。

6. The dog **was gnawing** a bone. 那狗在啃骨頭。

7. She **gnawed at** her fingernails. 她不停地咬指甲。

食物咬了進口裏，便要咀嚼，chew；"香口膠" 叫 chewing gum，那是給你在嘴裏嚼的，嚼而不吞。

8. The receptionist **was chewing** on an apple behind the counter. 接待員在櫃台後咬着蘋果。

9. Always eat slowly and **chew** your food well. 吃東西要慢，好好咀嚼。

如果你看見有一個人不自量力，包攬了很多工作，卻做不到，你可以說：

10. He has bitten off more than he **can chew**. 他咬了太大塊，咀嚼不了。

和 chew 同義的字有 masticate；上面例 9 的 chew 可換作 masticate。不過這是一個 "深字"，不會在輕鬆的時候說。另一字 munch，也是咀嚼食物，用來表示較誇張的聲音或動作。例如上面例 8 裏的 chewing 可改用 munching：munching an apple，大聲地咬着蘋果。

11. He sat in a chair **munching** his toast. 他坐在椅子上，一口口地咬着烤麵包。

反芻叫 ruminate，又可說 chew the cud，那是指像牛這種有幾個胃的動物，把食物吃下去之後，在胃裏完成了第一輪的消化，會回到口中重新咀嚼。人類吃東西不會 ruminate，但這個字可借用來表示對於某些主意不斷拿來反覆思考，例如：

12. He **ruminated** on the terrible wastefulness that typified American life. 他反覆思考美式生活那極度浪費的特點。

說完咬和咀嚼，最後便是吞；最常用的字是 swallow。

13. He **swallowed** the pill. 他把藥丸吞了。

14. You should chew（或 masticate）your food well before **swallowing**. 應該把食物咀嚼好才吞嚥。

另一個表示吞的字是 gulp。例 17 的 swallow 也可改說 gulp；又如：

15. He **gulped** down the rest of his tea and went out. 他把剩下的茶一飲而盡便出去了。

一個人緊張時做的吞嚥動作，只吞口水，也可說 swallow 或 gulp：

16. He **swallowed**（或 **gulped**）hard and told her the bad news. 他硬着頭皮把壞消息告訴了她。

47 失儀蝦碌

英國新任外交大臣 Jeremy Hunt 訪問中國，犯了一個令他很尷尬的錯誤：他本想告訴主人家自己的太太是中國人，卻說錯了是日本人。英國傳媒把他這個失誤叫做 "Jeremy Hunt's 'Japanese' wife gaffe"。在公眾或社交場合失禮、失言或失態，就叫做 gaffe。Jeremy Hunt 上一任的英國外交大臣，已辭職的 Boris Johnson，亦是出了名經常失言，有很多令英國政府尷尬的 gaffes。

1. Mr. Hunt made an embarrassing **gaffe** during his visit to China. 亨特先生 (港譯侯俊偉) 訪問中國時有一次令他尷尬的失言。

2. Former Foreign Secretary Boris Johnson had a propensity for **gaffes,** which often infuriated his colleagues. 前外交大臣約翰遜慣於口不擇言，經常令他的同事們氣惱。

3. Her first **gaffe** was to use the wrong cutlery at dinner. 她第一件失禮的事是晚飯時用錯了餐具。

一個同義詞是 faux pas，也是有失檢點、失態、失禮、失言的意思。這個字是由法文借來的；faux pas 直譯是 false step，即踏錯腳步、失足；可解作說錯話，或做了很愚蠢的事。

4. I made a terrible **faux pas**: I asked Mrs. Lee how her husband was, and he had died a month ago. 真尷尬，我問李太她的先生好嗎，其實他在一個月前去世了。

Gaffe 也好，faux pas 也好，都屬於 blunders in etiquette；etiquette 是禮儀、禮節，blunder 是錯誤；a blunder in etiquette 就是在禮節上犯的錯誤，正如例 3 和例 4 提及的事。

如果在社交場合做出一些令人反感或尷尬的事，可以叫做 impropriety 或 indecorum。這兩個字意思相近，都是指失禮的、不恰當的行為或言語。Propriety 和 decorum 都是指得體的、有分寸的行為舉止；相反詞 impropriety 和 indecorum 就是失禮的、沒有分寸的表現了。

5. He kept asking her the same question, and we were embarrassed by his **impropriety**. 他不停地問她同一個問題，失禮得令我們尷尬。

6. He might have meant his **indecorum** as a joke, but everybody felt offended. 他的失禮舉動或許是為了開玩笑，但所有人都覺得反感。

還有兩個口語用字，bloomer 和 blooper，都是指語言或動作失誤。Bloomer 是英國人用的字，原本是 "blooming error" 的意思（blooming 是用來加強語氣的較粗俗的字眼），現在已較少用，多被 gaffe 或 faux pas 取代。

7. I made a real **bloomer**; I called my boss's wife by the wrong name. 我擺了個大烏龍，叫錯了老闆娘的名字。

至於 blooper，則是美國人的用語，等如港人說的"蝦碌"；通常用於電台或電視節目，指說錯話或做錯動作，鬧出笑話。電影或電視節目製作過程中出現的 bloopers，會被剪掉；這些剪掉了的片段，叫做 out-takes，有時會加插在片尾（closing credits），以起惹笑效果。

8. He poked fun at his own tendency to utter **bloopers**. 他自嘲說話經常會"蝦碌"。

9. Make sure you stay for the **bloopers** and out-takes as the final credits roll. 記得留下來看片尾的"蝦碌"鏡頭和剪掉了的片段。

48 小差大錯

英國外交大臣 Jeremy Hunt 在中國犯了一個 gaffe，事後他自己把那形容為 "a terrible mistake"。Mistake 是錯誤的意思；無論是甚麼性質，是嚴重或輕微的錯誤，失言、寫錯字、做錯事，都可叫做 mistake。

1. The manuscript contains numerous spelling **mistakes**. 這份手稿有很多字拼錯了。

2. This is a common **mistake** among learners of English. 這是學英語的人常犯的錯誤。

3. There must have been a **mistake**. 一定是搞錯了。

下面談談幾個和 mistake 意義相近的字：error、blunder、howler、inaccuracy、omission 和 slip；這些字都是解作錯誤，但各有一些不同的解法或用法。

首先 error 是表示錯誤的一個比較正式的用語；可以有各種不同的 errors，如 typing errors 打錯字、spelling errors 拼寫錯誤、grammatical errors 文法錯誤、factual errors 事實錯誤。

4. There are too many **errors** in your work. 你的工作失誤太多。

5. Finding a solution that works is often a process of trial and **error**. 尋找可行的解決辦法，往往要經過嘗試、失敗、再嘗試。（trial and error 或叫做 "嘗試錯誤法"）

Blunder 亦是指錯誤，通常是指由於愚蠢或粗心大意所犯的錯誤，後果可大可小；a diplomatic blunder 是外交錯誤，a political blunder 是政治錯誤。

6. A last-minute **blunder** cost them the match. 最後關頭一次錯誤，令他們輸了比賽。

7. I think he made a tactical **blunder** by announcing the plan so far ahead of time. 他太早公佈計劃，我認為是犯了策略錯誤。

愚蠢可笑的錯誤，或者以犯錯者的知識本來是不應犯的錯誤，可以叫做 howler。

8. The occasional schoolboy **howler** would amuse the examiners. 學生有的錯誤答案會令閱卷員發笑。

9. The script is a **howler** that'll make you sit up in shock before rolling over with laughter. 這講稿錯得一塌糊塗，令你看了嚇得跳起，然後笑得倒地。

另外兩個同樣表示"錯誤"的近義字，是 inaccuracy 和 omission；形容詞 inaccurate 是不準確的，inaccuracy 就是不準確的東西。動詞 omit 指有意地刪掉或疏忽地漏掉，omission 就是有意或無意遺漏了的東西。兩個字表示了不同形式的錯誤。

10. The article is full of **inaccuracies**. 這篇文章有很多不準確的地方。

11. There were a number of obvious **omissions** in the report. 這報告明顯地遺漏了若干資料。

比較輕微的錯誤，可以叫 slip，通常是無心之失。

12. We must be well prepared; there must be no **slips**. 我們要準備好，一點不能出錯。

不小心失言，叫做 a slip of tongue 或 a slip of the tongue；不小心寫錯了字，可以叫 a slip of the pen。

13. She didn't mean it; it was a **slip** of the tongue. 她不是這意思，只是一下說錯了。

14. He intended to write "the honourable", but a **slip** of the pen turned it into "reverend". 他本想寫 "the honourable"（對議員的尊稱），卻誤寫了 "reverend"（對神職人員的尊稱）。

此外，印刷文本上的錯誤叫 misprint；打字稿或排版印刷本上的錯誤叫 typo；都是校對人員常用的說法，就是"手民之誤"。

49 不准發聲

　　特朗普以前的律師 Michael Cohen 最近在法庭承認，在總統競選期間，他曾向一個成人電影女星和一個 *Playboy* 雜誌的模特兒提供 "掩口費"，叫她們不要告訴人家她們是特朗普情婦的事實。

　　掩口費，英文叫 hush money；hush 這字有幾個用法：如果對人說 "Hush!"，即是叫對方安靜，不要吵；用作名詞，即是靜寂，如：

1.　A **hush** descended over the waiting crowd. 等候的人羣變得鴉雀無聲。

　　用作動詞，就是使人靜下來，叫人不要說話，這就是 hush money 這叫法的由來；hush up 一個人，是令那人不作聲；hush up 一件事，是把它掩蓋、隱瞞。

2.　They tried to **hush up** the girls with money. 她們要用錢掩住那些女子的口。

3.　Nothing **is being hushed up** here; whatever happening is revealed to the public. 這裏沒有隱瞞甚麼，發生了任何事都告知公眾。

4.　We spoke to each other in **hushed** tones. 我們輕聲地交談。

　　一個近似的字是 gag。這字用作名詞，是指塞着嘴巴的東西，例如綁匪用來塞着被綁架的人的嘴巴，不讓他作聲；用作動詞，就是把某人的嘴巴塞住，例如：

5.　The hostages **were** bound and **gagged**. 人質被綁起來，嘴巴被塞住。

這個字也用來表示不讓人說話，就像把人的嘴巴塞住。

6.　The new laws are seen as an attempt to **gag** the press. 新法律被認為是企圖壓制新聞自由。（不讓傳媒說話。）

7.　Judges **must not be gagged**. 不能禁止法官說話。

　　有所謂 gag law、gag order、gag rule，指禁止發表言論的法律、命令、規定。例如有些機構會規定，關起門來大家可以自由發表意見，但談論內容不可對外披露，這就叫做 gag rule。Gag 和 hush 都可以解作 "叫人不說話"；分別在於 gag 通常是指有權力的人公然採取的行動，如上面 例 6；hush 則是私下做的、不讓人知道的，如上面例 2 。所以掩口費叫 "hush money" 而不叫 "gag money"。

還有一個字，解法與 gag 相近，是 muzzle，狗戴的口罩。作為動詞，muzzle 就是（給狗）戴上口罩，使牠不能咬人。如果說 muzzle 一個人，就是不讓他說話的意思。上面說的 gag the press，壓制新聞自由，也可叫 muzzle the press。

8. They accused the government of **muzzling** the press. 他們指責政府壓制新聞自由。

沉默或靜寂，叫 silent；相應的名詞和動詞，都是 silence；作為名詞例如 the silence of the night 黑夜的寂靜，an awkward silence 難堪的沉默。作為動詞，就是令人沉默，或者把聲音消滅：

9. I **silenced** him with a stare. 我盯他一眼，令他閉嘴。

10. All protest **was silenced**. 所有反對聲音都被壓下去。

11. Her achievements **silenced** her critics. 她的成就令批評者無話可說。

還有 mute：我們把音響設備調到 "靜音"，就是 mute；把聲音消滅或者減弱，也可叫 mute。

12. The government tried to **mute**（或 silence）criticism with its high-handed policy. 政府想用高壓政策制止批評。

50 生財有道

人大常委會通過了《個人所得稅法修正案》，規定凡在內地居住滿 183 日的境外人士，包括香港居民，須要申報全球收入。

所有收入，不論甚麼來源，都叫做 income。所得稅叫 income tax；個人收入是 individual 或 personal income，住戶收入 household income，低收入（高收入）家庭可叫 low-income (high-income) families，社會的收入分佈是 income distribution。

1. A large part of our **income** goes to rent. 我們收入的一大部份用來交租。

2. Tax shall be paid on **income** from investments as well as from wages. 投資所得和工資所得，都要繳稅。

一個人的 income 包括他的 earnings，即工作所得的報酬；非勞動所得的收入，例如銀行存款的利息，則不屬於 earnings。

3. A survey found that only 27% of lone parents had **earnings** as their main source of income, compared with 86% of two-parent families. 一項調查發現，只有 27% 的單親家庭以工資為主要收入來源，而雙親家庭則有 86%。

用來表示工資的最常用的字是 pay，不論甚麼工作的報酬，都可以叫做 pay。

4. The job offers good **pay**. 這份工作薪金不錯。

5. Teachers are demanding a **pay** rise. 教師要求加薪。

Wage 和 salary 都是工資或薪金。過去一般的用法，從事體力勞動的工人領取的時薪、日薪或週薪，叫做 (hourly / daily / weekly) wage；法定最低工資是 statutory minimum wage；至於白領工作者和專業人士每月或每年領取的薪金，則叫 (monthly / yearly) salary；薪俸稅叫 salary tax。今天人們也經常會用 wage 來表示各種工作的薪金（參看以下 例 7 和 例 8 ）。以前的說法，不能說 wage，一定要說 wages，而且 wages 是 singular number（單數）的：《聖經》裏面有一句 The wages of sin is death. 不過，現在人們 wage 和 wages 都有用，而且 wages 是 plural number（複數）的。

6. **Wages** have not increased as rapidly as the costs of living. 工資沒有生活費增長的快。

7. The company offers competitive **wages** and good benefits. 這公司的薪酬和福利都很好。

8. The staff have agreed to a voluntary **wage** freeze. 員工同意自願凍薪。

9. Our Chief Executive receives a higher **salary** than the President of the United States. 我們的行政長官薪金高過美國總統。

另一個表示酬金的字是 emolument，並不如上面幾個字常用，多指高薪的人所得的酬金。

10. He could earn up to a million dollars a year in salary and **emoluments** from many directorships. 薪金和多個董事職位的酬金加起來，他每年可賺一百萬元。

11. The work will be no joke, but the **emolument** is too tempting to resist. 這工作可不是開玩笑的，但薪酬很吸引，難以抗拒。

請專業人士提供服務，例如作演講，或會給他一筆酬金，以表謝意；雖然是服務的報酬，但為了表示金額並不反映對方提供服務的實際價值，不宜叫 pay 或 wage；較恰當的叫法是 honorarium。

12. We offered the famous writer a modest **honorarium** for delivering a speech to our literary society. 那位著名作家到我們文社發表演說，我們給他致送薄酬。

51 誰是內鬼

　　最近，美國總統特朗普忙於"捉鬼"，因為 9 月 5 日《紐約時報》刊登了一篇匿名文章，作者自稱是白宮高層官員，文章大罵特朗普。特朗普當然大怒，要追查《紐約時報》文章的作者。

　　"內鬼"是誰？還未知道。"內鬼"是好人還是壞人，視乎你從甚麼立場來看。在特朗普或支持他的白宮官員來看，發匿名文章的"內鬼"就是叛徒，traitor。出賣自己的原則、朋友、機構以至國家的，都是 traitor。

1. Donald Trump calls Snowden a **traitor** and a coward. 特朗普把斯諾登叫做叛徒和懦夫。

2. He was seen as a **traitor** to the working class. 他被視為工人階級的叛徒。

　　和 traitor 意思相近的字有 betrayer；動詞 betray 是出賣的意思，出賣朋友、出賣原則，都是 betray；betrayer 就是出賣者。例 2 的 a traitor to the working class 也可作 a betrayer of the working class。

3. The president is hunting for a **betrayer**（或 traitor）in the White House. 總統在搜尋白宮裏的背叛者。

　　另一個表示背叛者的字是 double-crosser。動詞 double-cross 比名詞 double-crosser 常用，是背叛、出賣，尤其指欺騙了一個信任你的人。

4. He was mad when he found out he had been **double-crossed** by someone he had trusted most. 當他知道被自己最信任的人出賣了，他感到震怒。

　　有一種叛變，是離開自己原來的陣營，投靠到另一個、特別是敵對的陣營，例如從一個政黨轉到另一個政黨。這樣做的人會被叫做 turncoat。

5. Democracy is in decline mainly because of the menace of political **turncoats** who in the absence of ideology jump from party to party in search of greener pastures. 民主沒落，是因為受到政治變色龍的威脅；他們沒有理念，不斷轉黨找着數。

如果一個組織偷偷做了壞事，被組織裏的成員揭發出來；該組織固然會把揭發者視為"內鬼"，但其他人卻會認為他的行為是正義的，不會稱他為"叛徒"。揭發一個機構所做的壞事的人，叫 whistle-blower，"吹哨人"。美國有一條 Whistle-blower Protection Act，吹哨人保護護法。

6. An FBI **whistle-blower** testified to Congress about problems in the agency. 聯邦調查局的一名人員向國會作證，指出調查局的問題。

警方的"線人"叫 informer；但這個字也可用來指任何告密者或泄密者。

7. The **informer** is amongst them, so none of them can be let into the secret of my plan. 他們當中有一個人是泄密者，所以不能讓他們任何一人知道我計劃的秘密。

告密者或泄密者又叫做 tattler；動詞 tattle 是揭穿人的秘密、背後說人是非，又可指小孩向老師"告"其他小朋友。

8. If this became known, you alone could be the **tattler**. 這件事如果泄露出去，只有你可能是泄密者。

9. We should teach children not to **tattle** on one another. 我們應教孩子不要互說壞話。

另一個名詞 deep throat，來自尼克遜擔任總統時的"水門事件"醜聞；當時公開"水門事件"秘密的人以 deep throat 為代號，其後這就成為告密者的叫法。

52 導航北斗

自稱白宮高層投稿到《紐約時報》罵特朗普的匿名作者，其中一個嫌疑人物竟是副總統彭斯 Mike Pence，因為文章大讚特朗普的死對頭 John McCain，說他是 "a lodestar for restoring honor to public life and our national dialogue"；當中 lodestar 一字，其實並不常用，但彭斯卻似乎特別喜歡用：有電視台輯錄了一段影片，顯示彭斯在不同場合說過 lodestar，不下六、七次。當然，彭斯立即出來否認他是白宮裏的內鬼。

Lodestar 這個字本來解作 "北極星"；lode 原是 load 的另一種拼法，而 load 在古英文指路線、方向，所以 lodestar 是指路的明星，即是從前行船賴以導航的北極星。這字被借用來表示指導的原則或者可以模仿的榜樣。

1. His example is the **lodestar** of our aspirations. 他的榜樣給我們的訴求指引了方向。

2. The idea of public service has been a **lodestar** for her throughout her life. 公共服務是她的終身方針。

表示楷模、學習的榜樣的近義詞語有 role model。

3. The children need a positive **role model** to encourage them to do their best. 孩子們需要有一個正面的榜樣，鼓勵他們做到最好。

表示指導者、引領者，最常用的同義字是 guide；正如 a tourist guide 是導遊，a spiritual guide 是精神上的導師。

4. He was always our **guide** throughout the difficult years. 在那些困難歲月裏，他一直是我們的導師。

解作 "楷模" 的近義字，還有 prototype 和 archetype；paradigm 和 paragon。Proto- 是 "最初"、"最先"，arche- 是 "最主要"；prototype 和 archetype 都可解作 "原型"、"典型"，即具備了某類事物的主要特徵，可仿造出整個類別，或者可用來作為整個類別的最完美代表。

5. She is the **prototype** of a hard-working housewife / a student activist / an American movie star. 她是勤勞主婦 / 學生活動家 /

美國電影明星的典型。

6. He came to this country 20 years ago and is the **archetype** of the successful Asian businessman. 他二十年前來到這個國家，是成功的亞洲商家的典型。

至於 paradigm 和 paragon，原意是"在旁展示"、"比較"，引伸為示範、典範。

7. The athlete is a **paradigm** for young people to copy. 這運動員是年輕人可效法的榜樣。

8. Our administrator is a **paragon** of neatness, efficiency and reliability. 我們那位主管，是整齊、高效和可靠的典範。

最後要說的兩個字是 epitome 和 embodiment：epitome 也是典型，embodiment 是（某種品質的）化身；兩者都可以是好的，也可以是壞的。

9. He is the **epitome** of a modern young man. 他是現代青年男子的典型。

10. Napoleon was the **epitome** of a persecuted, lone and flawed genius. 拿破崙是一個受壓的、孤單的、有缺陷的天才的典型。

11. She was beloved by all who knew her, for she was the **embodiment** of the word motherly. 所有認識她的人都喜歡她，因為她是慈母的化身。

12. He is the **embodiment** of routine and conservatism, because he is the **embodiment** of mediocrity. 他是刻板和保守的化身，因為他是平庸的化身。

53 亂七八糟

颱風 "山竹" 吹襲翌日，全港交通大混亂。我們可以用 chaotic 來形容當天的交通情況。

1. The traffic in the city was **chaotic** on the day after the typhoon. 颱風過後翌日全城交通混亂不堪。

Chaotic 來自名詞 chaos，就是混亂的意思。

2. Many still find it difficult to understand the **chaotic** era Mr. Trump has ushered in. 不少人仍覺得特朗普帶來的混亂時代很難理解。

3. Successive wars threw the country into a **chaotic** state. 連場戰爭令這國家陷於混亂狀況。

和 chaotic 意義相近的有 disordered 和 confused，都是混亂的意思；disordered 來自名詞 order，規律、規則；confused 來自動詞 confuse，搞混亂。形容一個人 confused，指他思想混亂、迷惘；如果用來形容一個局面，a confused condition 就是混亂的處境。

4. The project was in a **disordered** (或 **confused**) state. 該計劃陷於混亂狀況。

5. The files were completely **disordered** (或 **confused**). 那些檔案完全混亂了。

先前談過另一個字 disorderly，用來形容人，是不守秩序、難以管教的意思；用來形容狀況，disorderly 也有 "亂" 的意思，不過通常用來表示失去了應有的秩序，是凌亂、不整齊，跟 disordered 指的完全混亂還有點分別。上面 例 3 和 例 4，用 disordered 比 disorderly 恰當；試比較下句：

6. There were young men and women working away at tables all over the **disorderly** room. 凌亂的房間裏放滿了桌子，青年男女在其上埋頭工作。

形容局面受動亂衝擊，或者說時勢動盪，可用 tumultuous 或 turbulent；這兩字相應的名詞 tumult 和 turbulence，都是動亂、騷亂的意思。

7. The **tumultuous**（或 **turbulent**）storm was beginning to lose some of its fury. 猛烈的風暴開始減弱。

8. The country underwent massive social upheaval during the **tumultuous**（或 **turbulent**）years of the Cultural Revolution. 在文革的動亂歲月，全國發生巨大的社會劇變。

來自動詞 organise（組織、整理）的形容詞 disorganised，就是沒有組織好的意思，也可解作"混亂"；a disorganised person 是做事沒條理的人，a disorganised enterprise 是規章制度混亂的企業。

9. The government seems to be in a **disorganised** condition. 政府似乎處於混亂狀態。

10. It was a hectic **disorganised** weekend. 這週末忙亂得一塌糊塗。

以下介紹幾個有趣的"複字"，reduplications。首先有兩個 rhyming reduplications，同韻複字 harum-scarum 和 helter-skelter，兩字意義相近，都是用來表示忙亂、慌亂；然後有一個 alliterative reduplication，同聲複字 topsy-turvy，是亂七八糟、顛三倒四。

11. Before I begin my **harum-scarum** day it gives me much pleasure to spend some quiet time with a good friend. 在開始我忙亂的一天之前，跟好友一起過點安靜時間，對我是賞心樂事。

12. There was a **helter-skelter** rush to the airport after the storm. 風暴後人們忙亂地趕往機場。

13. Books and papers were scattered on the desk in a **helter-skelter** manner. 書籍和紙張凌亂地散在桌面。

14. The students left their classroom **topsy-turvy**. 學生把課室弄得亂七八糟。

15. The world has turned **topsy-turvy** in my lifetime. 在我一生裏，世界變得顛三倒四。

54 衝動魯莽

特朗普的領導作風被批評為 impetuous，即魯莽衝動，不經深思熟慮的意思。希臘神話裏，具有 impetuous 性格的代表人物是衝動、愚蠢的 Epimetheus（或者不應說 "人物"：他是一個 Titan，神的一種），他的希臘名字解作 "想於事後"；他的兄弟 Prometheus，"想於事前"，聰明有遠見，是創造人類並從天上偷取火種帶到人間的英雄。

1. He's so **impetuous**; why can't he think things over before he rushes into them? 他太衝動了；為甚麼不可以把事情想清楚才去做呢？

形容一個行為是衝動的，也可說 impulsive。名詞 impulse 指一時的衝動，心血來潮；憑一時衝動行事叫 act on impulse。用 impulsive 形容人，就是說他衝動行事，不會三思而行。

2. She made an **impulsive** decision to quit her job. 她在衝動之下決定辭職。

3. He is too **impulsive** to be a responsible leader. 他太易衝動了，不能成為負責任的領袖。

不過，impetuous 和 impulsive 也有想做就做，不會瞻前顧後、不會事事計算得失的意思，這未必是負面的。例如：

4. He was an **impetuous** leader, but he never lost his head. 他是一個說幹就幹的領袖，但他從不會失去理智。

5. He is a warm-hearted and an **impulsive** man, and the dearest and best father in the world. 他是一個熱心腸熱性子的人，是世界上最可愛最好的父親。

比較起來，rash 和 headlong 只有貶義，用來指人或事的輕率魯莽，有批評那是愚蠢的意思。

6. It would be **rash** to rely on such evidence. 依靠這樣的證據就太輕率了。

7. This is what happens when you make **rash** decisions. 這就是你貿然作決定的後果。

8. The government is taking care to avoid a **headlong** rush into the controversy. 政府現在很謹慎，以防不慎陷入爭端。

Headlong 除了如在上句用作形容詞 adjective 之外，也可用作副詞 adverb。例如上句可寫成：

9. The government is taking care not to rush **headlong** into the controversy. 政府現在很謹慎，以防不慎陷入爭端。

另一個形容詞 foolhardy，也是指莽撞的，愚蠢地不顧危險，沒有考慮後果便去行動。

10. It's **foolhardy** to go hiking in such poor weather. 在這惡劣天氣下去遠足，是罔顧安全。

政府經常強調要 "審慎理財"；審慎是 prudent，相反詞 imprudent，就是不審慎的、不明智的、魯莽的。

11. The mischief which may result from your **imprudent** conduct is incalculable. 你的魯莽行為可能造成的傷害是無法計算的。

形容一個人做事急躁、魯莽，不顧後果，不思考得失，也可以說 hot-headed。

12. He is a **hot-headed** person who never thinks carefully before acting. 他為人魯莽，做事之前從不認真思考。

還有一些字是用來形容行為的不成熟、輕率、沒有經過深思熟慮的、不顧後果的，包括 ill-considered、immature、thoughtless 和 reckless 等。

13. It was a (n) **thoughtless / ill-considered / immature** decision to sign the contract. 簽署該合約是考慮不周的決定。

14. He showed a **reckless** disregard for his own safety. 他把個人安全置於不顧。

55 互相挖苦

美國國務卿蓬佩奧 (Mike Pompeo) 訪問北京，與中國官員的會面充滿 "火藥味"，外國傳媒形容雙方的對話，用了 harsh、blunt、sharp、tart、testy 幾個字。以下是這些報導的例子。

1. （標題）Mike Pompeo and His Chinese Counterpart Trade **Harsh** Words. 蓬佩奧和他的中國對手互相以嚴辭指責。

2. In unusually **blunt** language to an American secretary of state, China's foreign minister accused the United States of interfering in its internal affairs. 中國外長用不尋常的率直言辭，向美國國務卿指控美方干預中方內政。

3. The **sharp** tit-for-tat stripped away the customary veneer of diplomatic niceties. 尖銳的針鋒相對撕破了慣常的外交禮節的掩飾。

4. Mr. Pompeo said in a **tart** response that the United States had fundamental disagreements with China. 蓬佩奧尖銳地回應說，美國和中國有根本的分歧。

5. Mike Pompeo faced a **testy** exchange with his Chinese counterpart in Beijing. 蓬佩奧在北京遇到中國對手不客氣的對話。

例 1 裏的 harsh words 是尖刻的言辭，trade harsh words 即互相向對方說尖刻的話。又如：

6. He said many **harsh** and unkind things about his opponents. 他說了很多他對手的壞話，很難聽、很刻薄。

例 2 裏的 blunt language 是直率的、不客氣的說話。要對一個人說些他不喜歡聽的話，例如批評他的短處，可以說得婉轉一點，讓對方不會太難堪，那就叫 tactful；blunt 和 tactful 相反，是不顧對方的感受，直言不諱。

7. We found it difficult to answer her **blunt** question. 她直率的問題，我們很難解答。

例 3 的 sharp tit-for-tat 是尖銳的針鋒相對。這句話是說，雙方會面時尖銳地針鋒相對，外交禮節的門面都不講了。有一點頗有趣：如果用來形容物件，例如一件工具，sharp 和 blunt 是相反詞，即利和鈍；但用來形容說話，兩個字都有要令對方難受的意思。

8. I was offended by his **sharp** criticism. 他的尖銳批評令我反感。

例 4 是說蓬佩奧對中方官員反唇相譏：tart 是尖酸刻薄的意思，tart response，尖刻的回應。

9. The words were **more tart than** she had intended. 那些話的難聽超出了她的原意。

例 5 的 testy 形容人，是暴躁的意思；a testy exchange 指對話反映了對話者不友善的態度。

再說幾個近義字：blistering、scathing 和 biting；這幾個字用來形容批評，都是激烈的、尖刻的意思：a blistering 或 scathing attack 是猛烈的抨擊；biting sarcasm 是尖酸刻薄的諷刺。

10. US Vice President Mike Pence delivered a **blistering** attack on China. 美國副總統彭斯尖銳抨擊中國。

11. Democratic senators **were scathing** in their criticism of the hearing. 民主黨參議員對公會提出尖銳的批評。

12. Many were angered by the author's **biting** satire on the church. 作者對教會尖酸刻薄的諷刺令很多人氣憤。

名詞 barb 是刺；形容詞 barbed 是有刺的，例如有刺的鐵絲網叫 barbed wire；a barbed remark 是有刺的說話，即語帶譏諷，挖苦。

13. The two ministers exchanged **barbed** remarks. 兩個部長互相挖苦。

56 努力奮鬥

表示嘗試，最常用的動詞是 try，意思是作出努力，雖然不一定成功。常見的用法是在 try 後面加一個 infinitive（動詞不定式），表示嘗試做某事，例如：

1. We **tried to solve** the problem. 我們嘗試解決問題。

2. He **tried to put** the fire out by pouring water onto the stove, but that only made things worse. 他試圖往火爐澆水來滅火，但那樣只把事情弄得更糟。

3. Please **try to be** on time. Please **try not to be** late. 請盡量準時。請盡量不要遲到。

動詞 attempt 的意思和 try 很接近，但通常是指難以成功的嘗試，表示作出了努力，但很可能沒有結果。譬如以上例 1 和例 2 的 tried，都可用 attempted 代替；但例 3 裏的 try 便不能改用 attempt，因為說話的人是期望對方可以做到的。又如：

4. I knew I would be unable to dissuade her, so I **did not** even **attempt** to. 我知道無法勸阻她，所以我連試都沒試。

近義詞 endeavour 多用於正式的文書，表示盡力去做一件事。

5. We **will endeavour** to arrange matters to your satisfaction. 我們將盡力安排，令您滿意。

今年施政報告的主題是 "堅定前行　燃點希望"，英文是 "Striving Ahead, Rekindling Hope"，用了表示努力奮鬥的動詞 strive；strive 和 try 的區別，是 strive 有持續努力的意思。上面的例 1 也可以改用 strive，以強調解決問題要作出不懈的努力；例 2 和例 3 就不適合用 strive。以下幾句，可說明 strive 的用法。

6. We **must strive** to narrow the gap between rich and poor. 我們要努力縮小貧富差距。

7. We **strive** for perfection but sometimes have to accept something less. 我們力爭完美，但有時也要接受較低的要求。

8. She has kindled expectations that she **must** now **strive** to live up

to. 她燃點了期望，現在就要努力達到這些期望了。

表示在困難的環境下努力奮鬥、爭取達到某個目標，還可以用 struggle：

9. The small enterprises **struggled** to survive（或 **struggled** for survival）. 小企業掙扎求存。

10. We **are struggling** to make ends meet. 我們在盡力維持收支平衡。

比較例 6 和例 9，可以看到 strive 和 struggle 的區別，跟上面說的 try 和 attempt 相似：strive 是努力要達到一個目的：struggle 的目的未必可以達到。如果把例 9 的 struggled 改為 strove，意義會較積極：小企業為生存奮鬥。

一般解作 "尋找" 或 "爭取" 的 seek，也可以在後面加上一個 infinitive，表示試圖做一件事：

11. They **are seeking to recruit** a new sales director. 他們正嘗試招聘新的銷售主管。

12. They **sought to distance** themselves from the radicals. 他們試圖與激進份子保持距離。

最後介紹幾個表示努力、嘗試的短語：do one's best、 make an effort 和口語用的 have a go：

13. We **did our best** to solve the problem. 我們盡了最大努力去解決問題。

14. He **made an effort** to be on time. 他盡力做到準時。

15. He **had a go** at fixing the computer himself, but had to give up. 他嘗試自行修理電腦，但不得不放棄。

113

57 引起情緒

中文說的 "燃點"，除了表示令火焰開始燃燒之外，也可以用來表示引起、激發，例如燃點希望、燃點感情等。英文動詞 kindle 也有相似的用法：kindle a fire 是點着一把火；kindle hope 是燃點希望。又如：

1. The book **kindled** my interest in mathematics. 那本書引起了我對數學的興趣。

2. The campaign **kindled** her enthusiasm for politics. 那場運動燃點了她對政治的熱衷。

用 kindle 表示引起的情緒，通常是正面的，如以上兩句所示；但有時也可能是負面的，如：

3. His explanations only **kindled** anew their anger. 他的解釋只是重新激起他們的怒火。

另外兩個表示燃點火焰的動詞，ignite 和 inflame，同樣可以用來表示引起、激起某些情緒，通常是激烈的情緒；例如上面例 3 的 kindle，可以換作 ignite 或 inflame；ignite their anger 或 inflame their anger，都是令他們怒火中燒的意思。又如下面這一句，用 ignite 或 inflame 會比 kindle 合適：

4. They employed all their skill to **ignite**（或 **inflame**）the passions of the majority. 他們出盡了渾身解數，要激起大多數人的情緒。

但 ignite 也可以表示激起或引起正面的情緒：

5. Tempers **ignited** when the whole family spent the Christmas together. 全家人一起慶祝聖誕，情緒都十分高漲。

6. There was one teacher who really **ignited** my interest in words. 有一位老師真的激發了我對文字的興趣。

此外，kindle 和 ignite 的賓語 (object) 都是某種情緒（當然也可以是火焰），但 inflame 的賓語可以是人或環境。例如以下兩句的動詞用 inflame，不能用 kindle 或 ignite：

7. The Secretary's comments **have inflamed** all teachers. 局長的話激怒了所有教師。

8. These remarks have only served to **inflame** an already dangerous situation. 這些話只是對本來已很危險的局面火上加油。

近義字 spark（動詞），本義是爆發出火花，也可用來表示引發、觸發，有比較突然、強烈的意思。

9. The lecture **sparked** my interest in AI. 那講座觸發了我對人工智能的興趣。

10. Trump's decision to raise tariffs **sparked** fears of a trade war. 特朗普決定增加關稅，令人擔心貿易戰爆發。

點火，也可以說 light a fire：light 用作動詞，也可解作"點燃"：light a candle，點着蠟燭；light a stove，點着火爐；但這個字不能像 kindle 一樣來表示燃點希望或激起情緒。

另一方面，只可解作"引起"、"激起"某些情緒，而不可用來解作點火的字，有 arouse、excite 和 stimulate，這些動詞都可用來表示引起興趣 (interest)、懷疑 (suspicion)、憤怒 (anger) 或恐懼 (fear) 等。

11. Her strange behaviour **aroused** our suspicions. 她的古怪行為引起我們的懷疑。

12. The speaker **aroused** the anger of the audience. 講者引起了聽眾的憤怒。

13. The huge budget deficits **excited** fears of inflation. 龐大的財政赤字引起通脹的恐懼。

14. The questions will help to **stimulate** students' interest. 這些問題可以引起學生的興趣。

58 總有希望

談到表示希望的字，可以說 hope 是最常用、最為人熟悉的。
Hope 作為解作"希望"的名詞，用法可以是單數，也可以加 s 作為複數。

1. Our **hope** is the money will be ready by next month. 我們的希望是款項下月前可準備好。

2. The situation is not good but we live in **hope** that it will improve. 情況不妙，但我們仍抱着好轉的希望。

3. Don't raise your **hopes** too high, or you may be disappointed. 不要有過高的希望，否則你會失望。

另一個常用字 wish，意思是願望，和 hope 接近。童話故事裏的"願望"，叫 wish 而不叫 hope。一般的說法是 hope 實現的可能性大於 wish，但這並不一定正確；兩字的用法主要跟隨慣例。譬如：

4. She expressed a **wish** to be alone. 她表示希望不被打擾。

這句裏的 wish 不會用 hope 來代替，但並沒有"不大可能"的意思。又如：

5. His **wish** is to see his grandchildren again. 他的心願是再次見到孫子孫女。

這裏的 wish 改為 hope，意思分別不大。

另一個可用來表示心願、希望的字是 ambition；這字可以解作"野心"，亦可以正面地解作"雄心"、"抱負"。

6. His **ambition** was to study medicine. 他的夙願是學醫。

7. He was intelligent but suffered from a lack of **ambition**. 他很聰明，但沒有大志。

另一個字 aspiration 和 ambition 很接近，例 6 裏的 ambition 可換作 aspiration；以下兩句裏的 aspiration 又可作 ambition：

8. Many young people have **aspirations** to be famous. 許多年輕人都想成名。

9. He has never had any **aspiration** to earn a lot of money. 他從沒有賺大錢的奢望。

不過 aspiration 一般都是正面的，如 political ambition 指政治野心，而 political aspiration 是政治抱負。

再說一個字，desire，表示渴望、慾望；例如權力慾叫 a desire for power。

10. She felt an overwhelming **desire** to return home. 她有不能壓抑的願望要回家。

11. He has enough money to satisfy all his **desires**. 他很有錢，可以滿足他所有慾望。

解作"夢"的 dream，也常用來表示夢想，亦即是願望，例如"中國夢"可叫 China dream。

12. My **dream** is to travel round the world. 我的夢想是環遊世界。

上面用 hope、wish、ambition 和 aspiration 表示的願望或希望，都可說是 dream；但當然，夢想不一定能夠成為事實。實現了的夢想叫 a dream come true。

表示期待、預期，可用 expectation 或 anticipation：

13. She went to college with great **expectations**. 她滿懷希望地進入大學。

14. Some parents have unrealistic **expectations** of their children. 有些父母對孩子有不切實際的指望。

15. The job gave him an **anticipation** of earnings. 那份工作令他對收入有期望。

16. Property prices fell in **anticipation** of an increase in interest rate. 樓價下跌，因為預料加息。

不大可能實現的希望或夢想，可以說是 fantasy；childhood fantasies 是兒時的幻想，多是不切實際的。這些幻想，也可以叫 castles in the air，就像中文說的空中樓閣。Don't build your **castles in the air**. 是叫人不要作不切實際的幻想，不要空想。

59 灰心失望

之前說了 hope，希望；在 hope 後面加上 -less，hopeless，就是沒有希望，可以形容人：

1. She felt lonely and **hopeless**. 她感到孤單、絕望。

也可以形容事：

2. He's very ill, but his condition isn't **hopeless**. 他病得很重，但他的情況未至沒有希望。

3. It is **hopeless** trying to convince her. 想說服她是沒希望的。

形容沒有希望、絕望，有幾個近義字：despairing、desperate、despondent、disheartened 和 forlorn。

Despairing 表示絕望的、失去了所有希望的；a despairing look 是絕望的神情。

4. He became ever **more despairing** as the days passed without any news from her. 隨着日子一天天過去，沒有她的消息，他感到愈來愈絕望了。

5. They made **despairing** appeals for the return of the kidnapped child. 他們發出絕望的呼籲，請求放回被綁架的孩子。

Desperate 是由於絕望而產生鋌而走險的心態，隨時會做出不顧後果的事。

6. His financial difficulties forced him to take **desperate** measures. 經濟困難迫使他鋌而走險。

7. You should beware of him; he is **desperate**. 你要提防他；他是亡命之徒。

Desperate 也可以表示拼命的意思：

8. Doctors were fighting a **desperate** battle to save the little girl's life. 醫生在奮力搶救小女孩的性命。

Despondent 是由於覺得再努力也是白費工夫，於是感到沮喪、絕望。

9. We are becoming increasingly **despondent** about the way things are going. 我們對情況的發展感到愈來愈沮喪。

10. He was **despondent** about yet another rejection. 他對再一次被拒感到沮喪。

Disheartened 指灰心，失去了希望或繼續努力的勇氣。

11. He was **disheartened** by their hostile reaction. 他們敵意的反應令他灰心失望。

12. They were utterly **disheartened** and abandoned their project. 他們徹底灰心失望，放棄了計劃。

Forlorn 專門用來形容 hope 或 attempt，表示很難實現的希望、不可能成功的嘗試。

13. The peasants left their village in the **forlorn** hope of finding a better life in cities. 農民離開他們的村落，渺茫地希望在城裏活得較好。

14. His father smiled weakly in a **forlorn** attempt to reassure him that everything was all right. 他父親用無力地微笑試圖令他相信是沒事的，但沒有用。

Hopeless 還有另一個用法。如果我們說：這人沒有希望，可以是指他很壞、糟糕透頂；說 He is hopeless. 也可以是這個意思，指這人糟透了。對一個人說：You are hopeless! 意思是：你真沒得救！或是，我真拿你沒法！

15. He is a **hopeless** driver. 他是駕駛技術或態度很差的司機。

16. He is **hopeless** as a teacher / as a bridge player. 做教師 / 打橋牌他很差勁。

17. He is **hopeless** at his job. 他做這份工作糟糕透頂。

上面這三句中的 hopeless，都可換作 terrible，同樣表示十分差勁的意思。另外，hopeless 用來形容事，也可以表示沒用的、不會成功的，跟 useless 差不多。

18. This is a **hopeless**（或 **useless**）project. 這是一個沒用的計劃。

60 一無是處

　　我們經常聽見有些人罵人是"廢柴"。這個侮辱性的說法，意思大概跟"廢物"差不多，只是聽起來更加刻薄。英文當然也有不少罵人"廢"、罵人沒用的字，但未必找到可以十足傳神地表達"廢柴"含義的。

　　有兩個比較古老的字，good-for-nothing 和 ne'er-do-well，是我們這些上一代的人會比較熟悉的，但現在已不十分常用了。Good-for-nothing 可以用作形容詞，也可作名詞；把一個人叫做 good-for-nothing，就是指他沒用、懶惰、不負責任、不思上進。

1. She told him he was a lazy **good-for-nothing** and should get a job. 她對他說，他是個沒用懶漢，應該找份工作。

2. He has a **good-for-nothing** fourteen-year-old son who barely knows how to read and count. 他有一個沒出色的十四歲兒子，閱讀和計算都不會。

　　Ne'er-do-well 的 ne'er 是 never，讀的時候省略了當中的 v，不會讀出原字 never；ne'er-do-well 同樣可用作形容詞或名詞，意思跟 good-for-nothing 差不多，都是說人沒用，只是更強調那人是不肯用功。

3. I wouldn't give this job to his **ne'er-do-well** son. 我不會把這工作交給他那沒用的兒子。

　　美國人較常用的字，有 loafer，指懶惰、遊手好閒、不務正業的人；又有 deadbeat，指身無分文的無業遊民。這兩個都是名詞。

4. He was an incorrigible **loafer** who never accomplished anything. 他是不可救藥的懶漢，從未做過有用的事。

5. He's a real **deadbeat** who's never had a proper job. 他真正是個無業遊民，從來沒有正當職業。

　　罵人沒用，可以說他是 rubbish，垃圾。有人譏笑某個專責小組是廢柴，可以說 The task force is **rubbish**. 不過 rubbish 指事多於指人，尤其是指人說的是廢話，便說 Rubbish! 或者說 He's talking **rubbish**.

　　表示"廢話！"的常用字還有 trash 和 crap。He's talking **trash** 或 He's full of **crap** 都是指那人廢話連篇的意思。

來自動詞 fail（失敗）的名詞 failure，可用來指任何失敗的人或事。

6.　Don't rely on him; he's a **failure**. 不要依靠這個人，他甚麼也
做不成。

有一個字 slouch，本來的意思，作為動詞，是指沒精打采地做事，
走路、站立或坐着都一副垂頭喪氣的樣子，低頭垂肩、不是昂首挺胸
的姿勢。作為名詞，**a slouch** 就是一個做事沒神氣、不用功的人；但
這字通常用在 no slouch at 或 no slouch on 的說法，指一個人做事擅
長、能幹。

7.　He is **no slouch on** the guitar. 他很會彈結他。

8.　My brother was **no slouch at** making a buck. 我的兄弟很會賺錢。

其實人與人之間應互相尊重，不應隨便說人是 "廢柴"；上面列舉
的 good-for-nothing、ne'er-do-well 或者 rubbish 等罵人的字，也應盡
量少用。

61 泰然自若

Calm、composure、equanimity 和 sangfroid，都可用來表示遇到壓力時或在緊急情況下保持鎮靜。

Calm 是遇事不慌；不緊張、不動氣，保持平靜的情緒，泰然自若；可以做形容詞：

1. It is important to keep **calm** in an emergency. 遇到緊急情況，保持鎮靜很重要。

也可用作名詞：

2. She faced the possibility of death with complete **calm**. 她面對死亡，處之泰然。

3. Her previous **calm** gave way to terror. 她先前的鎮定轉為恐懼。

Composure 是鎮定沉着；是憑意志或習慣控制情緒、保持冷靜的能力。

4. Despite the panic around him, he retained his **composure**. 雖然周圍的人驚惶失措，他仍保持鎮定。

5. She was struggling to regain her **composure**. 她努力令自己的情緒重新平靜下來。

6. The other side is trying to make you lose your **composure** and you will play right into their hands if you do. 對方正要令你失去鎮靜，如果你讓他們得逞，便中計了。

Equanimity 指冷靜的性格，即使遇到很大壓力或刺激，也能夠維持情緒穩定。

7. She accepted the prospect of her operation with **equanimity**. 她平靜地接受了要動手術的可能。

8. It is difficult to behave with **equanimity** under such provocation. 這樣的挑釁，很難冷靜以對。

Sangfroid（注意這字的法文讀音），指在困難的處境下維持鎮定沉着的表現。

9. He displayed remarkable **sangfroid** when everyone else was

panicking. 當所有其他人都驚惶失措時，他顯得十分鎮定。

說處事的鎮定，還可以用 aplomb；一般的說法是（做某事）with aplomb：

10. He prepared his speech in advance and delivered it with **aplomb**. 他預先準備了演辭，鎮定地發表演說。

有兩個來自 head（頭腦）的複合詞 cool-headed 和 level-headed，相應名詞 cool-headedness 和 level-headedness，都是指（在困難中）頭腦清醒、冷靜，能夠作出明智的決定。

11. He managed to keep his **cool-headedness** in the face of danger. 在危險面前，他保持了冷靜沉着。

12. To handle this difficulty, all sides should express patience, **cool-headedness** and restraint. 應付這困難，各方都要拿出耐心、冷靜和克制。

13. He handled the situation with prudence and **level-headedness**. 他用審慎的態度和冷靜的頭腦去處理那局面。

Nonchalance 也是冷靜，但可以是較消極的，指因為滿不在乎，所以無動於衷。

14. His air of **nonchalance** made her angry. 他一副若無其事的樣子令她憤怒。

15. He feigned **nonchalance**, but it was obvious he was very proud of what he had discovered. 他裝作不在乎，其實他顯然為自己的發現感到十分驕傲。

傳統的英國人認為，遇事不慌，不論在甚麼情況下永遠保持鎮定，顯出 equanimity 或 sangfroid，是他們特有的優秀品質；他們以此為榮，雖然其他國家的人不一定同意。英國人有一個說法，叫做（to have 或 to keep）a stiff upper lip：一個人驚慌時，上唇便會顫抖；上唇保持堅硬不動，就是不慌不忙、氣定神閒的表現。

62 反覆無常

特朗普經常被指反覆無常、無法預測。表示"反覆無常",可以用 capricious;這字經常會用來形容變幻莫測的天氣,譬如說 capricious weather 或者 capricious climate。用來形容人,可以指他的行為或態度反覆無常,例如說 capricious behaviour 或 capricious attitude。

1. Since she is known for **capricious** behaviour, her friends were nervous to tell her the bad news. 由於知道她行為難測,朋友們對要告訴她壞消息都感到很緊張。

2. They want continuity of policy, not **capricious** or arbitrary decisions. 他們要政策延續,不要反覆無常或任意的決策。

另外一個表示不能預測的字是 unpredictable,同樣可用來形容天氣:

3. The weather there is **unpredictable** – one minute it's blue skies and the next minute it's pouring down. 那裏的天氣變幻莫測:這分鐘一片藍天,下一分鐘又傾盆 大雨。

說一個人或他的行為 unpredictable,就是說他善變,難以捉摸。

4. He makes **unpredictable**, arbitrary decisions. 他作出不可預測的、隨意的決定。

5. She was **unpredictable**, with mercurial mood swings. 她為人難測,脾氣反覆。

上面這句裏的 mercurial,也是不穩定、變幻莫測的意思。

6. Her **mercurial** temperament made her difficult to live with. 她脾氣反覆無常,很難相處。

7. While my uncle is as predictable as the sunrise, my aunt is very **mercurial**. 我的姑丈刻板得像日出,姑母卻反覆無常。

還有一個常用字 erratic,指不穩定、不規則、沒有規律,可以形容事:

8. Over the past few weeks, the weather has been **erratic** making it quite difficult for us to plan outdoor events. 過去幾星期天氣很

不穩定，令我們很難策劃戶外活動。

也可形容人：

9. She had learnt to live with his sudden changes of mood and **erratic** behaviour. 她已經學會適應他那變幻莫測的情緒和難以捉摸的行為。

10. He's a brilliant child but his schoolwork is rather **erratic**. 這孩子很聰明，但學業表現不穩定。

還有 fickle，也是易變、無常的意思。形容天氣：

11. The weather here is notoriously **fickle**. 這裏的天氣出了名的變化無常。

形容人：

12. When she is in a **fickle** mood, it might take her an hour to settle on a decision. 她脾氣反覆的時候，可能要花上一句鐘才打定主意。

再說一個字，volatile，同樣用來形容一個人或者他的情緒易變、無常。

13. Putting up with his **volatile** moods wouldn't be easy. 忍受他反覆無常的脾氣殊不容易。

也可以形容情況不穩定、急劇波動或者很易惡化

14. Even though the two countries have agreed to a treaty, there is still a **volatile** tension between them. 雖然兩國訂立了和約，它們之間仍有不穩定的緊張關係。

最後要說說 whimsical。這字可以表示離奇、忽發奇想的意思，如 a whimsical sense of humour，令人意想不到的離奇的幽默；但也可以表示變幻無常、難以捉摸。

15. The weather of London is so **whimsical** that one minute it is sunny and the next minute it rains. 倫敦的天氣變化難測，這分鐘陽光燦爛，下一分鐘卻下雨。

16. The businessman's **whimsical** decisions did a lot of damage to his business. 這老闆心血來潮的決定對他的業務造成很大損害。

63 轉彎抹角

"道路是曲折的,前途是光明的。"這句常用來自勉和勉人的話,英文可說:

The road is **tortuous**, but there is light ahead. (有人譯做 The road is **tortuous** but the future is bright. 但這說法前後不配襯:road 穿過的是空間,future 指的是時間。)

形容詞 tortuous,即是曲折,可用來形容一條道路或河流,也可以形容行程、過程、經歷。

1. It's going to be a long and **tortuous** journey. 這將是漫長而曲折的旅程。

2. The agreement was reached after months of **tortuous** negotiations. 經過歷時多月的一波三折的談判,才達成該協議。

3. A full economic recovery will take a slow and **tortuous** process. 經濟全面復甦,要經過緩慢而曲折的過程。

常用的近義詞有 twisting、winding 和 sinuous,都表示彎彎曲曲的意思。

A tortuous road 或 river 也可以叫做 a twisting / winding / sinuous road 或 river;不過,例 2 和 例 3 裏用來形容 negotiations 和 process 的 tortuous,就不能用 twisting、winding 或 sinuous 代替。

4. The **twisting / winding / sinuous** path leads up the mountain. 彎曲的小徑通往山上。

5. The river wound its **sinuous** way across the plain. 河流彎彎曲曲地越過平原。

6. Because the maze was especially **sinuous** with countless twists and turns, we were lost in it for hours. 由於那迷宮轉彎抹角特別多,我們在其中迷失了多個鐘頭。

用來形容動作或姿態,sinuous 是婀娜多姿、靈活優美:

7. He enjoyed watching the **sinuous** bodies of the dancers. 他很欣賞舞蹈員靈活優美的體態。

動詞 meander 是彎彎曲曲地前進；形容詞 meandering 也是彎彎曲曲的意思。

8. The stream **meanders** slowing down to the sea. 河流彎彎曲曲地流進大海。

9. We crossed a small bridge over a **meandering** stream. 我們走過彎曲溪澗上的一條小橋。

有一字 zigzag，可作名詞或動詞，當中有兩個 z，而它表達的正是 z 的形象，即 "之字路"。

10. The path descended the hill in a series of **zigzags**. 那條路沿着山曲折地向下伸延。

11. The path **zigzagged** down the hill.（意思和上句相同。）

上面的 tortuous，又可用來形容一段說話或一番道理，是轉彎抹角、不直接、不清楚。

12. I can't follow your **tortuous** argument. 我聽不明你冗長艱澀的議論。

13. Never mind the **tortuous** explanation; tell me in plain English, are you coming or not? 不要繞圈子解釋了；用淺白的語言告訴我，你來還是不來？

這樣用的 tortuous，近義詞有 convoluted、complicated 和 complex；complicated 和 complex 都是表示複雜的，而 convoluted 也是指錯綜複雜、艱澀難明的意思。例 12 的 tortuous argument，也可以說 convoluted argument；a book with a convoluted plot，一本情節錯綜複雜的書。Convoluted 也可以解作 "蜿蜒彎曲的"，例如蜿蜒的海岸線，可說 a convoluted coastline。

Tortuous 和 torturous 本是兩個不同的字：前者指曲折的；後者（多了一個字母 r）表示難受的、令人感到受折磨的，來自名詞和動詞 torture，（施以）酷刑、折磨。

14. They had to go through a **torturous** five days of fitness training. 他們要挨過難受的五天體能訓練。

不過，tortuous 不論解作 "曲折" 抑或 "艱澀"，也是會令人難受的；所以 tortuous 和 torturous 兩字有時被交換使用，也不算錯。

64 讚頌之辭

　　最近一段日子，接連出席了幾個離世朋友的追思會。追思會上，都會有先人的親友致悼詞。悼詞，英文叫 eulogy。這字的原義是"美好的說話"，指讚揚某人的一篇講話。在喪禮上說的讚揚先人的話，就是悼辭；致悼辭，叫 deliver the eulogy。

1. George Bush delivered the **eulogy** at his father's funeral service. 喬治・布殊在父親的喪禮中致悼詞。

　　Eulogy 最常見的用法是指悼辭，但也可用來指在其他場合發表的讚揚某人的頌辭，如：

2. Several **eulogies** were given at the special assembly marking the retirement of the company's longtime president. 在慶祝公司的老總裁榮休的特別聚會上，好幾個人發表了頌辭。

　　除了 eulogy，表示在不同場合、用不同方式對某人的讚美或稱頌，還可以用 tribute、citation、encomium 或 panegyric。最常用的是 tribute，可以是說話，也可以是行為、事物，表示對某人致敬、稱頌，其中也包括在喪禮上對先人致敬；在喪禮上獻送的花，叫 floral tributes。

3. Many celebrities went to the funeral to pay **tribute** to the former president. 很多名人出席喪禮，向這位前總統表示悼念。

4. The concert was a musical **tribute** to the jazz master. 這個音樂會用演奏的方式向爵士樂大師致敬。

　　Citation 最常見的用法是指文章裏的引文、引述，例如：

5. The article is difficult to read because it contains too many **citations**. 這篇文章很難讀，因為引文太多。

　　但 citation 也用來指一種很特別的讚辭：有些大學會頒授榮譽學位 Honorary Degrees 給一些社會上有成就的人士，以表揚他們對社會的貢獻；在頒授典禮上，會由大學的代表讀出一篇介紹獲頒榮譽學位人士的頌辭，那就叫做 citation。

6. The **citation** for the recipient of the honorary degree was written

and delivered by the professor of the Department of Public Administration. 獲頒榮譽學位人士的頌辭，由公共行政學系教授撰寫及宣讀。

軍人在戰爭中表現英勇而獲頒的嘉獎令，亦叫 citation。

7. The soldier earned a **citation** for bravery. 這士兵獲得英勇嘉許。

與前面幾個字比較，encomium 或會令人覺得陌生，但這字其實也很好用，指高度讚揚的講話或文章，通常帶有熱情洋溢的意思。

8. The singer's success is evident from countless **encomiums** and a shelf full of awards. 從無數讚美文章和擺滿架上的獎項，可見這位歌手的成就。

9. She was surprised and delighted on the last day of school when the students in her most difficult class presented her with an **encomium** they had written, praising her work as a teacher. 在她上課最後一天，最難教的班級裏的學生給她寫了一篇頌辭，讚揚她當教師的工作，令她又驚訝又高興。

最後一個字 panegyric，也是讚辭或頌文，通常是指很有文采，甚至是富有詩意的。

10. Her lyrical memoir was a **panegyric** to her mentor. 她感情豐富的回憶錄，是對她的良師的讚美詩。

65 大方得體

在老布殊的喪禮上，前美國國務卿、白宮幕僚長貝克（James Baker）在悼辭裏讚揚老布殊是 "a beacon of humility and decency"。這裏說的 humility 是謙虛；至於 decency，這字有幾個解法，在這裏是指待人處事的正當品格，很難找到一個完全和它對應的簡單的中文詞語。不懂或沒有 decency 的人，大概可以形容為 "沒品"。以下例子或許有助說明 decency 的內涵。

1. **Decency**, not fear of punishment, caused them to do the right thing. 他們行為正當，因為他們知道是非，不是因為害怕受罰。

2. If you're going to be late, please have the **decency** to call and let me know. 如果你要遲到，請你懂得應該給我通知一聲。

3. **Decency** demanded that they help the old lady with her groceries. 按待人之道，他們應該幫那位老太太拿她買了的東西。

4. She showed a total lack of **decency** when she wore a short red dress to her mother's funeral. 她穿着一條紅色短裙出席母親的喪禮，顯得完全沒品。

5. My neighbour has no sense of **decency**; he often walks around naked in his backyard. 我的鄰居真失禮，經常光着身子在院子裏徘徊。

說幾個 decency 的近義詞。首先有 civility，是講禮貌、對人尊重。

6. I hope we can treat each other with **civility** and respect. 希望我們互相待以禮貌和尊重。

7. **Civility** is a casualty of political debate. 政治辯論都不講禮貌了。

8. How can one expect **civility** during these times when so many movies are filled with disrespectful and cursing characters? 現在很多電影都充斥着不禮貌和說髒話的角色，怎能期望我們的社會講斯文呢？

另一個字 decorum，是禮貌得體、端莊穩重，懂得在不同的場合有怎樣的表現，這和上面例 4 和 例 5 中的 decency 接近。

9. You should behave with **decorum** at the funeral. 你應在那喪禮上保持莊重。

10. He went out with impressive **decorum**, and spoiled it by slamming the door. 他離開房間時很斯文，但走出房門卻大力地關門，那便失禮了。

11. Although she was upset she did not win the contest, she maintained **decorum** and congratulated the winner. 她輸了比賽雖然很不開心，但保持大方得體，祝賀勝出者。

另一個和 decency 很接近的字是 propriety，也是指行為恰當、有分寸。這個字現在多用來指公眾人物應當遵守的規矩。

12. His sense of political **propriety** forbade him from stooping to personal attacks. 他有政治操守，不會墮落至作出人身攻擊。

13. We expected the president to have a great sense of **propriety** and we were all shocked when his wrongdoings became public knowledge. 我們都認為總統應該有很好的是非觀念；當他的胡作非為被揭發時，大家都十分震驚。

最後說說 dignity；這字本來解作 "尊嚴"，但也可用來指人在特殊的處境或場合能夠掌握分寸；最常見的例子就像以下這一句：

14. The losing team showed a great deal of **dignity** when they cheered as their opponents accepted the trophy. 落敗了的隊伍在對手領獎時喝采，顯得十分大方。

如果每個人都多一點 decency、civility、decorum、propriety 和 dignity，社會便會更和諧。

66 誤以為真

　　美國總統特朗普可能是被人加上最多貶損性形容詞的政治人物。最近一個經濟學者寫的評論文章，用 delusional 這個字來形容特朗普。那是指他經常有幻覺，例如以為自己十分了不起。名詞 delusion，是幻覺、錯覺、妄想；譬如說：

1. He is living under the **delusion** that he is incapable of making mistakes. 他有一種錯覺，以為自己永不會犯錯。

2. He has **delusions** about how much money he can make at that job. 他有一個幻覺，以為做那份工作能賺很多錢。

　　跟 delusion 很接近的一個字是 illusion，也是解作"錯覺"或"錯誤"的觀念。上面兩句裏的 delusion 都可以換作 illusion，意思差不多。又如：

3. I have no **illusions** about her feelings for me. 我對她跟我的感情不抱幻想。

　　這即是說，我不會誤以為她對我很好。

4. He could no longer distinguish between **illusion** and reality. 他再也分不清幻想與現實了。

　　雖然兩字在很多情況下可以交換使用，但 delusion 和 illusion 還是有分別的。Delusion 指人思想混亂，把想像當成真實，而 illusion 是由客觀現象造成的錯覺。例如魔術師給汽車蓋上一張氈，把汽車變走了；大家都知道其實這只是一個假像，是 an illusion；魔術師就是靠製造 illusions 來娛樂觀眾的。再看兩個例子：

5. They used paint to create the **illusion** of metal. 他們（在物料表面）髹上油漆，令它看似金屬。

6. She says that all progress is just an **illusion**. 她說所有進步都只是假像。

　　還有一個很相近的字，hallucination，也是幻覺的意思，但通常是指因患精神病或其他健康、藥物問題所引起的幻覺。

7. He has been having **hallucinations** due to the medication. 他因

為服用了這種藥，一直產生幻覺。

8. He could not tell if what he was seeing was real or if it was a **hallucination**. 他不知道他見到的是真的還是幻覺。

上面說的 delusion，也可叫做 sclf-deception，自我騙。例如錯誤地以為自己很了不起，或者自以為很受人歡迎，都是 self-deception。

9. Human beings have an infinite capacity for **self-deception**. 人的自欺能力是無限的。

10. At such an age, **self-deception** was a means of explaining away the inevitable rule of corporal decay. 年紀大了，唯有靠自欺來解釋體能變差的必然規律了。

11. He had imagined that there might be a fairly emotional farewell, but the silliness of that bit of **self-deception** quickly became evident. 他曾經幻想會有一場頗感人的道別，但很快便認識到那是愚蠢的自欺罷了。

另外一個比較接近 illusion 的字是 misconception；self-deception 是自我欺騙，misconception 是錯誤的觀念。

12. I lent my cousin money under the **misconception** that he would repay me. 我借錢給堂兄弟，誤以為他會還給我。

13. The secretary said there were public **misconceptions** about prosecution policy. 司長說公眾對檢控政策有錯誤的認識。

人類有很多對客觀世界的 misconceptions，都被科學推翻了，例如以為地球是平的就曾經是一個 misconception，錯誤的觀念。

67 推陳出新

跟大家談談 new，表示"新"的這個字。這是十分常用的一個字：我們可以說 a new year、a new government、a new subject、a new method、a new idea、a new book 和 a new car 等等。這些說法很普通，但仔細看看，上面這些例子裏的 new，可以各有不同的含義。

首先，a new year（新年）和 a new government（新政府）裏的 new，有"剛從新開始"的意思，表示跟去年或上一屆政府作區別。這樣用時，意義較接近的一個字是 incoming，例如說 the incoming year 或 the incoming government。

再看以下幾句：

1.　French is a **new** subject in our curriculum. 法文是我們課程裏的一門新學科。

2.　I like to visit **new** places. 我喜歡探訪新的地方。

3.　Let me introduce a **new** friend to you. 讓我給你介紹一位新朋友。

這幾句裏的 new，表示以前未有的或未到過、未見過的，可以有 strange（陌生）的含意，但沒有其他合適的形容詞可以取代 new。

如果要說新的 method 或 approach（方法），除了用 new，也可用 fresh：

4.　The old methods can no longer solve our problems; we need a completely **fresh** approach. 老方法不能再用來解決我們的問題；我們需要全新的方法。

一個新的主意，a new idea，有新奇的、人們先前沒有想過的意思；那又可說 a novel idea；novel 作為形容詞，即新鮮、新奇的。

5.　It's a **novel** way of earning a living, and there is no competition. 這生意很新奇，沒有人競爭。

近年經常聽到的一個詞是"創新"；a new idea 也可指創新的意念，那又可用 innovative 表示。

6.　Companies need to have **innovative** ideas in the way they develop and market their products. 公司在產品的發展和營銷上

都要有創新的意念。

New 又有"新近"的意思，a new book 是新出版的書，the author's new novel 是作者新近著作的小說；商店陳列的 new arrivals，是新到貨品。這用法的同義詞，可以有 recent 和 latest。

7. Have you read her **latest**（或 **recent**）novel? 你看過她最新的小說嗎？

如果你問：Have you seen his **new** car? 這 new car 通常是指他剛買回來的新車；就算那是輛二手車，對他來說也是"新"的。但在下面這句裏的 new 就有不同的意義：

8. That unique scent is the telltale sign of a **new** car. 這獨特的氣味是新車才有的。

這裏的 new 是指簇新的、從未用過的、剛從車廠出來的；同樣，在下面這一句：

9. The hotel guest asked for a **new** pair of slippers. 酒店住客要一對新拖鞋。

那 new 是指未用過的意思，也可以說 unused：an unused pair of slippers。

New 還有一種意思，指最新近流行的；如 the new fitness craze，最新流行的健身熱。在這個意思上有一組近義詞，包括 contemporary、current、modern、present-day、up-to-date 等，有最新、當代、現代、時下等意思。如 contemporary art 當代藝術、current prices 時下價格、modern literature 現代文學、present-day society 當今社會、up-to-date technology 最新技術等。

68 時來運轉

新的一年開始，我們都會希望能帶來一些轉變，所謂"時來運轉"；有轉變，就會有希望。

變，最常用的英文字是 change，可以用作動詞，也可以用作名詞；以下說的是名詞 change。幾乎任何轉變、變化，不論是變好抑或變壞，都可以說是 change。譬如，天氣變化是 weather change；氣候變化，climatic change 或 changes；政策變化，policy change；改變了計劃，a change in our plan；（某人）態度改變，a change in his attitude 或者 a change of attitude。

1. There was a sudden **change** in the weather. 天氣突然起變化。

2. The government will introduce important **changes** to the tax system. 政府將引入重大的稅制改變。

如果我們要特別指某種特定的變化，可以用其他字。譬如，如果我們要修改一套衣服，或者對一個建築物進行改建，有一個合適的字，alteration，通常表示為達到某個效果而進行的修改。

3. Her dress needed some **alterations** after she lost weight. 她減了體重之後，衣服要修改。

4. Do we need approval for making these **alterations** to the house? 我們要對房子作這些改動，需要批准嗎？

有時，人們不想說"改動"，只想承認作了"調整"；可以說 adjustment 或 readjustment。例如以往的教學語文政策，規定學校要分為母語和英語教學，後來放寬了政策，同一間學校可以有一些科目用中文教學、另一些用英文。政府說政策沒有改變，只是作了"微調"。

5. The secretary says there will be minor **adjustments** to the language policy. 局長說語言政策會有一些輕微調整。

6. I have made a few **readjustments** to the design. 我對設計作了若干微調。

對文件所作的修改，可叫 amendment；立法會審議法案，對法案提出的修正案，也叫 amendment。

7. I suggest a few textual **amendments** to the draft letter. 我建議對信稿作幾項文字修改。

8. The legislators proposed more than a hundred **amendments** to the government bill. 議員對該政府法案提出了逾百項修正案。

另一個字 conversion，指較大的轉變、變化；例如把事物的外觀、方式或功能轉變了，都可叫做 conversion。

9. The builders are working on a **conversion** of the garage into a meeting room. 建築工人在把車房改建成會議室。

要表示相對較小的變化，也可用 modification；譬如上面 例 6 裏的 readjustments 可以換作 modifications：

6a. I have made a few **modifications** to the design. 我對設計作了若干微調。

作 modification，通常是為了改善原來的狀況：

10. I have made **modifications** to the filing system, which speed up the process considerably. 我修改了檔案處理系統，大大提高了效率。

至於重大或徹底的轉變，可以說 transformation。

11. The way in which we work has undergone a complete **transformation** in the past decade. 在過去的十年裏，我們的工作方式經歷了徹底的變革。

最後，最激烈、最徹底的變化，就是 revolution；這字可以解作 "革命"，除了指政治上的革命，任何事物如果經歷了很徹底的變化，都可以叫做 revolution。

12. The introduction of computer technology brought about a **revolution** in animated films. 電腦科技給動畫帶來革命。

69 令人驚訝

　　行政長官林鄭月娥出席立法會答問會，有議員要求政府撤回提高長者綜援合資格年齡的政策，林鄭月娥回應說，政策包括在已獲議員批准的財政預算案中，議員要求撤回政策，她很"驚訝"。

　　令人感到驚訝或意外，可以叫做 surprise。使人驚訝的事可以是好的，也可以是壞的；surprise 表示任何意想不到的事，令人驚訝。

1. The policy was approved by you. It **surprises** me that you want the government to withdraw it. 政策是你們批准的。你們要政府把它撤回，令我驚訝。

2. The announcement of his resignation **surprised** us. We all thought he was going for another term. 他宣佈辭職令我們感到意外；我們都以為他要多做一屆。

　　除了 surprise 這最常用字之外，還有幾個近義字，可用來表達不同程度的驚訝或詫異。例如 amaze 通常是指完全想像不到的事發生了，令你驚訝："竟然可以這樣？"

3. The discovery **amazed** the scientific world. 這項發現令整個科學界感到非常驚訝。

4. His driving skill **amazed** me. 他駕車的技巧令我驚嘆。

　　另外一字是 astonish，表示比 surprise 或 amaze 更強烈的驚詫，例如：

5. I was **astonished** to see him finish the work so quickly. 他這麼快便完成工作，令我非常詫異。

　　這裏的動詞也可以用 surprise 或 amaze，但表達的驚訝不及 astonish 強烈。

　　要再誇張一點，可以用 astound：I was **astounded** to see him finish the work so quickly. 又如：

6. We **were astounded** by the sheer size of the project. 這個項目規模之大令我們驚訝不已。

　　如果要表示一件突然發生的事把你嚇了一跳，可以用 startle。例如，我們正在聊天，他忽然在我們的背後出現：

7. He **startled** us by appearing quietly behind us. 他悄悄地在我們背後出現，把我們嚇了一跳。

把人擊暈叫做 stun，例如 The blow **stunned** me for a moment.（那一擊令我昏迷了片刻。）這字也可用來表示一件突如其來的事（可以是好事，也可以是壞事），令人感到十分意外，一時呆住了，不知如何應對。

8. He was **stunned** when they told him they were giving him the grand award. 他知道獲頒大獎時，驚愕得呆了。

最後一個字是 shock，使人震驚；引起震驚的通常是壞事。

9. We were **shocked** to find we have been burgled. 我們發覺被劫，十分震驚。

上面這幾個動詞的現在分詞（present participle），都是常用形容詞，表示令人感到意外、驚訝或震驚的。例如 a surprising result 意外的結果、an amazing achievement 驚人成就、an astonishing story 難以置信的故事、astounding news 驚人消息、a startling discovering 驚人發現、shocking behaviour 令人震驚的行為；stunning 除了表示令人震驚（如 a stunning defeat，意想不到的慘敗）之外，還有一個特別的解法，指非常漂亮、"魅力沒法擋"，如 stunning beauty 美艷驚人，a stunning view 無敵美景。

70 功敗垂成

英國下議院大比數否決了首相文翠珊 Theresa May 的 "脫歐" 方案後，英國報章的頭條標題說：Theresa May's Brexit Deal Failed.

學生最怕在成績表上見到 Fail 這個字，它表示不及格。

Fail 可用作及物動詞 transitive verb，表示在某項考試不及格，或者 (教師把學生) 評為不及格，例如：

1. He **failed** mathematics / the examination / his driving test. 他數學不及格 / 考試不及格 / 駕駛測驗不及格。

2. The English teacher **failed** almost half of her class. 英文老師把幾乎半班學生評為不及格。

Fail 也可以用作不及物動詞 intransitive verb，例如：

3. You **will fail** if you don't work hard. 你不用功便會不及格。

4. You will have to repeat if you **fail** in more than one subject. 如果你有多過一科不及格便要留級。

除了考試之外，做任何事失敗都可說 fail，如本文開頭的例子。人可以 fail，事也可以 fail。

5. Keep going; you only **fail** when you give up. 繼續努力吧，放棄才會失敗。

6. The plan to ambush him **failed** when he changed his route. 他改變了路線，伏擊他的計劃便失敗了。

指一個計劃失敗，另一個說法是 fall through。例 6 裏的 failed 可換作 fell through；又如：

7. Our plans **fell through** due to a lack of money. 我們的計劃因資金不足而失敗了。

另一個也可用來表示計劃失敗的動詞是 miscarry。這字本來解作 "流產"，但也可指計劃失敗；例如：

8. The scheme to save the stranded dolphins **miscarried**, and all were lost. 拯救被困海豚的計劃失敗了，無一獲救。

上面例 6 和 例 7 裏的動詞，都可換作 miscarry。

如果說談判失敗，可以用 collapse 或 break down；collapse 指建築物突然倒塌，break down 指機器或系統突然發生故障；兩個詞都可用來指事情突然中斷、失敗。

9. Talks between the management and unions **have collapsed**（或 **broken down**）. 管理層與工會的談判破裂了。

10. The pay negotiations **collapsed**（或 **broke down**）because neither side would concede anything. 工資談判失敗，因為雙方都寸步不讓。

還有一個解作"失敗"的字是 founder。這字頗有趣：動詞 found 可作"創辦"，一個組織的創辦人叫 the founder of an association。但 founder 又可用作動詞，解作"失敗"（不要混淆了 flounder，在水中或泥中掙扎）。

11. The peace talks **foundered** on a basic lack of trust. 和平談判因缺乏互信而失敗。

12. Their marriage **foundered** after only six months. 他們的婚姻不到六個月便破裂了。

美國口語把考試不及格叫做 flunk；例 1 裏的 fail 可換作 flunk：flunked mathematics 數學不及格，flunked the examination 考試不及格，flunked his driving test 駕駛測驗不及格。

一套戲劇、電影或音樂節目徹底失敗，劣評如潮，可以叫做 flop，這個字本來是掉下來的意思，也被專門用來形容演出的失敗。

13. The play **flopped** on Broadway. 這套戲在百老匯上演，徹底失敗。

71 東成西就

過年貼揮春，很多人都喜歡"東成西就"。之前談了失敗 fail，現在就談談成功、成就。

表示成功，最常用的一個動詞是 succeed。注意這個字的用法：做不成一件事，說 fail to ...，例如"他沒有能夠說服他的朋友。"：He **failed to** convince his friends. 但是，如果要表示"他成功說服了他的朋友。"，要說 He **succeeded in** convincing his friends. （不能說 X He **succeeded** to convince his friends. X）表示成功做到了某事，在 succeed 後面要用 in 加一個動名詞（gerund）。

1. She **succeeded in** being elected a legislative council member. 她成功當選成為立法會議員。

經過努力，成功做到一件不易做的事，可用 manage to ... 表示。

2. We **managed to** get to the airport in time. 我們終於能夠準時到達機場，沒有遲到。

如果改用 succeed，可以說：We **succeeded in** getting to the airport in time.

如果有一件事是很難做得到的，或者是一般人都認為會失敗的，卻出人意表地成功了，可以用 pull off：

3. Nobody thought he had a chance of winning but somehow he **pulled** it **off**. 沒有人認為他會贏，但他竟然勝出了。

另外一字 achieve 也是用來表示成就、成功；可用作及物動詞，後面跟一個名詞，表示做成功的、達到的事。

4. After many trials he finally **achieved** success. 多番嘗試之後，他終於達到成功。

5. They **could not achieve** their target of less than 3% inflation. 他們未能達到通脹低於 3% 的目標。

6. I **haven't achieved** very much today. 我今天沒做成多少事。

Achieve 也可用作不及物動詞，就是成功的意思。

7. We give students the skills they need in order to **achieve** in

college. 我們讓學生掌握在大學裏成功學習所需的技能。

和 achieve 很接近的是 accomplish；上面例 4 至例 6 裏的 achieve 都可換作 accomplish。兩字也有分別：如果要表示取得某些成果，會用 achieve；完成某項工作，會用 accomplish。下面這一句裏，兩字不能互換：

8. They **accomplished** their job and achieved very good results. 他們完成了工作，取得很好的成績。

實現一個目標或者計劃，可以說 realise a target 或 realise a plan。又如

9. He **realised** his ambition to get a law degree. 他實現了考取法律學位的抱負。

上面這一句裏的 realise 也可以用 fulfil，同樣是實現（抱負）的意思。

10. I consider it a sacred duty to **fulfil** my parents' wishes. 實現父母的願望是我的神聖職責。

除了解作實現，fulfil 也可表示履行、完成，與 discharge 近義：fulfil 或 discharge a duty / an obligation，即是履行一項職責 / 義務。但履行諾言是 fulfil a promise，不說 discharge。

表示完成任務，可用 complete：complete a task / a project / a degree course，完成一項工作 / 工程 / 學位課程。

11. We **completed** our task in time. 我們及時完成了任務。

最後還有 reach，即達到的意思，也可用來表示成功做到一件事。

12. She **reached** her target weight loss. 她達到了預定的減肥目標。

13. The negotiating parties **reached** an agreement. 談判雙方達成了協議。

72 細說因由

　　政府官員的職責之一，是向立法會議員解釋政府的政策。表示解釋，最常用的動詞是 explain。

1. The Secretary **explained** the new policy to the legislators. 局長向議員解釋新政策。

2. Let me **explain** the rules of the game to you. 讓我給你們解釋遊戲規則。

　　如果在解釋後，對方仍不太明白，或會要求 clarify，澄清，即把模糊的地方說清楚，或者就某個論點再闡述；to clarify a problem / an issue，澄清某個問題。

3. We asked him to **clarify** what he meant. 我們叫他把他的意思說清楚。

4. I hope this **clarifies** my position. 我希望這澄清了我的立場。（我這樣說明我的立場，清楚了吧？）

　　表示把問題解釋得再詳細一點，也可以說 elaborate。如例 3 和例 4 所示，clarify 通常用作及物動詞；但 elaborate 用來表示詳細解釋時，是不及物的，後面跟着 preposition，如 on、upon 或 about。

5. He **did not elaborate on** his reasons for resigning. 他沒有詳細解釋他辭職的原因。

6. **Can** you **elaborate on**（或 **about**）your proposal? 你可以再詳細點解釋你的建議嗎？

　　當 elaborate 用作及物動詞的時候，意思是給簡單的東西加上細節，使它變得豐富、複雜。

7. She went on to **elaborate** her argument. 她接着展開她提出的論點。

8. They were charged with **elaborating** the new constitution. 他們負責詳細制訂新憲法。

　　和 elaborate 相近的字還有 expound，也是詳細地解釋或說明的意思。

9.   He **expounded** his views on the subject at great length. 他很詳細地闡述了他在這問題上的觀點。

在上面這一句中，his views 兩字可以略去：He **expounded** on the subject at great length，意思也是一樣；這用法跟例 5 和例 6 裏的 elaborate 相同。

另一個動詞 enlighten，也是說明、解釋的意思；enlighten someone 是向某人解釋。

10.   **Will** someone please **enlighten** me as to how to operate this machine? 有誰可以給我解釋，這機器是怎樣操作的？

我們用 interpret 這字，很多時是指傳譯、翻譯，譬如兩人溝通時用的語言不同，便可能需要一個傳譯員，an interpreter。其實 interpret 亦可以指解釋，說明某件事或某句話的意思。

11.   The students were asked to **interpret** the poem. 學生要解釋這首詩的意思。

12.   Your words can be **interpreted** as a threat. 你這樣說，可被理解為對某人的恐嚇。（你的話等如恐嚇。）

"人大釋法"的"釋"，也可作 interpret；解釋法律叫 interpret the law。

13.   The power to **interpret** the Basic Law is vested in the Standing Committee of the National People's Congress. 基本法的解釋權屬於全國人民代表大會常務委員會。

14.   In the common law system, only the court has the power to **interpret** the law. 在普通法制度下，只有法庭有權解釋法律。

還有一個在解釋時常用的字，是 define，即定義或界定，把某些說法的含義說明清楚。

15.   Please **define** yourself more clearly. 請你把意思說得更清楚。

16.   We **must** clearly **define** our responsibilities in the agreement. 我們必須在合約上清楚說明我們的責任。

73 個別事件

舊的一年結束、新的一年開始的時候，我們都會作回顧與展望，回顧去年發生的大事，估計來年會有甚麼重要的事情發生。

事件可以叫 event：重大事件是 important events，一件難忘的事是 an unforgettable event，時事可叫 current events；2018 年發生的大事是 events of the year 2018。行政長官說，去年香港有三件和 "一國兩制" 有關的大事，three major events relating to "one country two systems"。

1. The World Cup was the biggest sporting **event** in 2018. 2018 年體壇大事，首推世界盃足球賽。

2. The most important **event** in his life was his visit to Shanghai. 他一生中最重要的一件事，是他到了上海。

3. He wrote about the day's **events** in his diary. 他在日記裏寫了當天的事。

有一個與 event 意思相近的名詞是 happenings，來自動詞 happen，發生；happenings 常帶有表示複數的後綴 s，不會用來指單一的事件。

4. There have been strange **happenings** around here lately. 這附近最近發生了一些怪事。

5. He filled us in on last evening's **happenings**. 他把昨晚發生的事告訴我們。

例 5 中的 happenings 表示發生了的一些事情，說法較籠統。如果說 event，指一宗事件；用 events 則有意表示幾件事。

另一個也是解作 "事件" 的字是 incident。任何事件都可以叫 incident：

6. One particular **incident** sticks in my mind. 有一件事我不會忘記。

7. We just want to put that embarrassing **incident** behind us. 我們只想忘記了那件尷尬的事。

8. Two people were shot yesterday in two separate **incidents**. 兩人

在昨天兩件不同的事件中被槍擊。

不過，incident 許多時被用來委婉地表示一些壞事、令人不快的事，如

9. Aside from a few isolated **incidents**, the crowd was well-behaved. 除了幾宗個別事件，人羣很守秩序。

10. The demonstration passed off without **incident**. 示威平靜地結束了。

上面兩句裏的 incident，都有不愉快事件的意思。出了意外，官方常會解釋說，只是"個別事件"，"an isolated incident"。還有"事故"也叫 incident，如醫療事故 a medical incident、邊境衝突 a border incident。

表示發生的動詞除了 happen，還有 occur，名詞 occurrence 也是指發生的一件事：a common occurrence 是一件經常會發生的事；an everyday occurrence，每天都發生的事；a rare occurrence，很少發生的事。

11. The past year was filled with startling **occurrences**. 過去一年發生了許多令人驚訝的事。

開頭說的 event 還有一個解釋，就是指一項活動，例如 a fund-raising / social event 籌款 / 社交活動，an annual event 一年一度的活動。

12. I have to move on to another **event**. 我要趕去另一個活動。

表示活動的一個近義字是 occasion：a great / memorable / happy occasion 重大的 / 難忘的 / 歡樂的活動或場合。

13. They marked the **occasion** with an open-air concert. 他們舉辦露天音樂會來慶祝那時刻。

14. He was presented with the watch on the **occasion** of his retirement. 他在退休時獲贈這手錶。

個別事件

74 二次創作

　　網絡文化很流行二次創作，或叫戲仿，即拿別人的一張照片、一幅畫，或者一件本來比較認真的作品，用滑稽詼諧的手法篡改了，以達到調侃、嘲諷的目的。戲仿，英文叫 parody；這字可用作名詞：

1. He sang a **parody** of a popular song, poking fun at government officials. 他唱了一首由流行歌曲改編的取笑政府官員的歌曲。

也可用作動詞：

2. It was easy to **parody** the book's fancy language. 這本書裏的花巧語言，很容易模仿惹笑。

3. Laughter rang out when he **parodied** their boss making a speech. 他模仿老闆發表講話，逗得哄堂大笑。

　　一個近義字是 burlesque，把一個本來莊嚴的題材用滑稽的手法表現出來，例如 a nightclub burlesque of a trial in court，用夜總會鬧劇的方式演出法庭審案。

　　一個同類的字是 caricature，用漫畫手法誇張地畫出某人的肖像，或者用誇張的描述達到滑稽的效果；這字也是可以用作名詞或動詞。

4. The poster showed a **caricature** of the President in diapers. 海報上畫着總統穿着尿布的漫畫。

5. Her political career **has been** unfairly **caricatured** by the media. 傳媒對她的從政經歷作了不公平的搞笑描述。

表示模仿、抄襲，最常用的字是 copy。

6. She **copies** everything her sister does. 她姐姐做的每件事，她都模仿。

7. Their tactics **have been copied** by other terrorist organisations. 他們的手段已給其他恐怖組織仿效了。

　　與 copy 意思十分接近、經常可交替使用的是 imitate；上面例 6 和例 7 裏的 copy，都可換作 imitate。不論是模仿正面或負面的東西，都可說 imitate，例如以下這句說的是學習好的東西：

8. Teachers provide a model for children to **imitate**. 老師是孩子模

仿的榜樣。

但下面這一句裏的 imitate，就有負面的意思：

9. The girls **imitated** Sally and laughed at her behind her back 那些女孩在背後模仿莎莉的樣子，取笑她。

表示帶着取笑的目的去模仿，還可以說 ape 或 mimic。Ape 作為名詞是猩猩，但用作動詞，就解作模仿他人來取笑的意思。我讀書的時候，有一位老師上課說話時帶着很重的鄉音，下課後我們便模仿他的鄉音來取笑他。

10. We **aped** the teacher's accent. 我們取笑地模仿老師的口音。

Mimic 也是同樣的意思，上句的 aped 也可作 mimicked（請注意加了 -ed 後的拼法）。

另外，想模仿別人，但學得十分笨拙，東施效顰，也可叫 ape，譬如說：

11. You **can't** just **ape** other singers if you want to be a successful recording artist. 你如果想成為成功的歌手，便不能只模仿別人唱歌。

12. The British film industry **is** merely **aping** Hollywood. 英國電影業只懂模仿荷里活。

一個較正面的、也是解作模仿的字是 emulate，通常是指學習好的東西，追趕較高的水平。

13. They tried to **emulate** the achievements of their predecessor. 他們想取得像他們的前任那樣的成就。

75 含沙射影

最近，美國幾家傳媒報道：Donald Trump has repeatedly **suggested** leaving NATO. (NATO，The North Atlantic Treaty Organization，是北大西洋公約組織)。特朗普從來沒有公開說美國要退出 NATO；報道指他私下向周圍的人發出暗示，用了動詞 suggest；suggest 可以解作建議，例如 He **suggested** going to the cinema，即是說他提議去看電影。但 suggest 也可以用來表示暗示。特朗普如果決定要美國離開NATO，不會向其他人提出"建議"；下面這句話裏的動詞 suggest，是暗示的意思。

1. Trump **has** repeatedly **suggested** that the United States is pulling out of NATO. 特朗普多次暗示，美國要退出北大西洋公約組織。

假如有人對你的工作進度表示不滿，你覺得他在指你不夠用功，或會問他：

2. **Are** you **suggesting** that I am lazy? 你言下之意，是說我懶嗎？

解作暗示的字，最常用的是 hint；這字用作名詞，指（例如謎題附帶的）提示；作為動詞，解作暗示或透露。以下兩句說明 hint 做動詞時的兩種用法。

3. He **hinted** that there will be more revelations to come. 他暗示他稍後還會有更多揭露（"爆料"）。

4. The article **hinted** at corruption in the mayor's office. 文章暗指市長辦公室有貪腐。

另一字是 imply：說話者不是直話直說，但從他的話裏，人們可以聽到"弦外之音"。例 2 的 suggesting 可換作 implying，意思是一樣的；例 3 的 hinted，也可改用 implied，更清楚地表示他沒有明言，但已經暗示了。又如：

5. He said he could not comment now, **implying** he will comment later. 他說目前無可奉告，暗示他稍後會作評論。

他說"無可奉告"時加上"目前"二字，便意味着過一會他可能有話要說。

說話者沒有直接把意思說出來，但有很明顯的暗示，可用 indicate，例如：

6. **Did** he **indicate** when the elections were likely to take place? 他有示意可能是甚麼時候選舉嗎？

7. The minister **has indicated** that he may resign. 部長暗示他可能辭職。

在例 6 和例 7 裏，說話的人都沒有直接說出人們想知道的東西（選舉日期或辭職意向）；但人們可以從他說的話作出合理的推測。

另一個解作暗示的字是 insinuate。這個字有負面的意義，用來指暗示一些壞的東西，有"含沙射影"的意思。它可用來取代例 2 裏的 suggest。

8. You seem to be **insinuating** that I was responsible for the mistake. 你似乎在含沙射影說我要為這宗錯誤負責。

9. The libel claim followed an article that **insinuated** the Chief Executive was lying. 誹謗官司由一篇暗指行政長官說謊的文章而起。

另一個近義字是 intimate（不要把這字跟解作"模仿"的 imitate 混淆了）。這字用作形容詞，解釋是親密、緊密的；用作動詞，也是暗示的意思。

10. She **intimated** that she would be willing to sell her story if the price was right. 她暗示，如果價錢好，她會願意出售她寫的故事。

76 政府停擺

前些時美國新聞經常出現"停擺"一詞。這個詞過去在香港很少用，在台灣較多見，本來是工廠停止生產的意思。勞資有糾紛時，工人威脅老闆的辦法是罷工；反過來，如果老闆要威脅工人，說如果你們不合作，我就把工廠關閉，讓大家沒工開，那就叫"停擺"。

特朗普與美國民主黨發生矛盾，一方要築牆，另一方不同意，結果用來維持聯邦政府運作的撥款批不出來，政府便要局部停擺，英文叫 shutdown，即關閉。譬如核電廠的緊急關閉程序叫 emergency shutdown procedure，發生事故時令反應堆停止運作。Shutdown 可以是長期的，也可以是短暫的。

1. The U.S. federal government **shutdown** occurred when the Congress and the President could not agree on an appropriations bill. 美國聯邦政府停擺，因為國會和總統對撥款條例草案不能達成共識。

2. The factory resumed operations after a brief **shutdown** for repairs. 工廠在短暫關閉維修後恢復運作。

與 shutdown 十分相似的一個字是 closedown；close 和 shut 都是關閉的意思，但 closedown 一般是指長期的，甚至是永久的。

3. The government ordered the **closedown** of operations until the cause of the mine explosion could be determined. 礦坑發生爆炸，政府下令把它關閉，直至找出爆炸原因。

例 3 裏的 closedown，也可作 shutdown；但例 1 和例 2 裏的關閉都是短暫的，便說 shutdown 而不說 closedown。

與 closedown 意義相近的有 closure，指永久的關閉或停業。

4. The government forced the **closure** of the factory. 政府迫令工廠關閉。

5. The institution was threatened with **closure** when the government decided to resume the land. 政府要收回土地，這機構面對要關閉的威脅。

與 shutdown 看起來相似的 shutoff，解釋和 shutdown 不同：shutoff 是指截斷供應的意思，例如截斷自來水、電力等供應，可以說 shutoff。

6. The utility company threatened them with a **shutoff** of electricity if the bills were not paid. 電力公司警告他們，如果不清繳帳單，電源便會被截斷。

一個和 shutoff 很接近的字是 cutoff；例 6 的 shutoff 也可說 cutoff，但 cutoff 還有另外一個解釋：截止；cutoff date 是截止日期。

7. The **cutoff** for applications is next Wednesday. 申請的截止日期是下星期三。

停止、終止或中斷，也可叫 cessation，來自動詞 cease，停止。

8. The consulate reopened after a two years' **cessation**. 領事館停辦了兩年後重開。

9. The budget cuts have brought about a **cessation** of all nonessential activities in schools. 削減預算令學校要停止所有非必要的活動。

還有兩字，suspension 和 halt，都是暫停、停頓的意思。政府的 shutdown 停擺，就是 suspension of government services，政府服務暫停。

10. The **suspension** of the public services could not be permitted. 公眾服務暫停是不能容許的。

Suspension 一般是暫時的；halt 可以是暫時的，也可以是永久的。

11. Strikes have led to a **halt** in production. 工人罷工令生產停頓。

12. They decided to call a **halt** to the project. 他們決定叫停那工程。

77 停薪留職

　　關於政府停擺的新聞，常會提及 furlough 這個字：它的意思是強制的無薪假期。公司沒錢發薪，要僱員放無薪假期，就叫 furlough。今年初美國政府局部停擺，數十萬政府員工便要被 furlough。這個字可用作名詞，例如：

1. To save money they will give the teachers a ten-day **furlough**. 為節省開支，他們會給教師十天無薪假期。

2. Government employees on **furlough** still have to observe rules on outside employment. 政府僱員放無薪假時，仍須遵守有關到外面找工作的規定。

Furlough 也可以用作動詞：

3. The president had to serve fast food to his guests because the shutdown **furloughed** White House staff. 總統要用快餐待客，因為在停擺中白宮職員放了無薪假。

4. Eight hundred thousand government employees **were** either **furloughed** by the shutdown or forced to work without pay. 在政府停擺中，有八十萬名政府僱員不是放無薪假，就是被迫無酬工作。

　　無薪假期比較常見的說法是 no pay leave 或 unpaid leave；leave 在這裏用作名詞，解作放假、休假，paid / unpaid leave 就是帶薪 / 不帶薪的休假；annual / sick / casual leave 是年假 / 病假 / 事假；maternity / paternity leave 是產假 / 侍產假；study leave 是脫產進修，sabbatical leave 是大學教師的有薪假期，可長達一年，讓教師擺脫大學事務自行進修或研究。

5. You are entitled to six months' annual **leave**. 你可以放六個月的年假。

6. Mr. Cheung will be acting head while Mrs. Lam is on **leave**. 林太休假時，張先生署任首長。

　　批准放假可以叫做 leave of absence；這裏的 leave 是批准的意思；

未經批准擅離職守，叫 absent without leave（AWOL），可招致嚴重紀律處分。以下兩句裏的 leave 與假期無關：

7. He was granted **leave** to appeal against the decision. 他獲批准對裁決上訴。

8. By your **leave**, I'll see to the arrangements immediately. 如果得您批准，我便立即安排。

短語 by your leave，如果得你同意或批准。

上次說過，政府服務暫停可以叫 suspension；這字也可以用來指暫時停職、停學或停賽。

9. After an internal investigation, the negligent officer was given a five-day **suspension** without pay. 經內部調查，失職的官員被處無薪停職五天。

10. The two players are appealing against their **suspension**. 這兩名運動員正就對他們的停賽處分進行上訴。

上面說的 furlough，要員工停薪留職，可以是避免裁員的一種辦法：Furlough is a possible way to avoid **layoffs**. 因人手過多、工作不足而裁員，叫做 layoff；這名詞可用複數。

11. The company announced the **layoff** of several hundred employees. 公司宣佈裁減數百僱員。

12. More **layoffs** are expected at the factory later this year. 工廠在今年稍後還要有更多裁員。

因傷或因病等停工，也叫 layoff。

13. He recovered after a lengthy injury **layoff**. 他受傷休養了很長時間才康復。

解僱或開除，不論甚麼原因，都可叫 dismissal；免職則叫 removal。

14. The **dismissals** followed the resignation of the chairman. 主席辭職後，一批人員被解僱。

15. The protests led to the **removal** of the president. 抗議行動導致總統下台。

78 抱恙在身

　　前些時，在流感高峰期，很多人都會染病，要請病假。疾病最常見的說法是 illness。形容詞 ill 是生病的意思，任何病痛，不論是大病或小病，都可叫 illness：a small illness 是小病，a serious illness 是重病，a terminal illness 是不治之症。

1. She died at the age of 60 after a brief **illness**. 她六十歲時病了不久便離世。

2. He showed no signs of **illness**. 他沒有任何生病的徵兆。

　　與 illness 很接近的另一個常用字是 sickness，同樣解作疾病。但 sickness 還有另一個特別的解法，指噁心，想嘔吐。

3. If you eat any more cake you'll make yourself **sick**. 你再吃蛋糕，就要嘔吐了。

　　暈船叫 seasickness，暈車 carsickness，暈機 airsickness；任何舟車暈浪，可叫 travel-sickness 或 moving-sickness。

　　比較嚴重、並且有病徵的疾病，通常叫 disease；傳染病叫 infectious diseases，心臟病是 heart disease。

4. Malaria is a tropical **disease**. 瘧疾是熱帶疾病。

5. He suffers from a rare genetic **disease**. 他患了一種罕見的遺傳病。

　　一些毛病例如頭暈、頭痛，可以叫做 complaint；這個字一般解作投訴，亦可解作病痛。

6. Backache is a very common **complaint**. 背痛是很常見的疾病。

　　Condition 這個字，本來是指一種狀況，但也會用來表示病痛；聽起來或會委婉一點，不像 illness 或 disease 那樣直接。

7. He has a serious heart **condition**. 他患了嚴重的心臟病。

　　以下這例子可說明 condition 和 disease 用法的分別：

8. The most common heart **condition** is coronary heart disease, caused when the heart's blood vessels become narrowed or blocked. 最常見的心臟病是冠心病，因心臟血管收窄或阻塞引致。

如果是特別指身體某器官或功能不妥，可以說 disorder。例如肝病 / 胃病可叫 a liver / stomach disorder，飲食失調 / 消化不良可叫 eating / digestive disorders。

傳染病叫 infection，由細菌傳染的疾病叫 bacterial infection，通過接觸傳染的疾病叫 contagious infection。

9. Fever, cough, a runny nose and headache are common symptoms of throat **infection**. 發熱、咳嗽、流鼻水和頭痛，是咽喉發炎的常見病徵。

讀小說會看到用 malady 這個字表示病痛。這字比較古老，現在已很少用。

10. He was told by his physicians that he had a fatal **malady**. 醫生說他患了致命的疾病。

經常患的病痛，通常是較輕微的，可以叫 ailment。

11. She is always moaning about her **ailment**. 她常因小病呻吟。

12. The doctor treated him for a variety of **ailments**. 醫生給他治理各種常患的毛病。

真正輕微的病痛，"微恙"，可叫 indisposition。

13. A brief **indisposition** made her miss the party. 她身體有點不適，錯過了那聚會。

突然發作的疾病例如中風、癲癇、心臟病發等，叫做 seizure。

14. He had a **seizure** that paralysed his right side. 他中了風，身體右邊癱瘓了。

還有一個字 syndrome，指綜合病症。例如 Down's syndrome 是唐氏綜合症；愛滋病 AIDS，是 Acquired Immune Deficiency Syndrome，"獲得性免疫缺損綜合症"的簡稱；2003 年在香港爆發的"沙士"，SARS，是 Severe Acute Respiratory Syndrome，"嚴重急性呼吸系統綜合症"的簡稱。

79 酒酣耳熱

喜慶聚會，大家有時興高采烈會多喝兩杯。喝醉了酒，英文最常見的說法是 drunk。

動詞 drink 是喝的意思；drink 可以是喝任何東西，但也會用來專指喝酒。大家可能見過這個忠告：If you **drink**, don't drive.（喝酒便不要駕駛）。這裏的 drink，就是專門表示喝酒。Drink 的過去分詞 drunk，用作形容詞，就是喝醉了的意思。

1. She was too **drunk** to remember anything about the party. 她喝得很醉，聯歡會上發生的事都記不起了。

2. His only way of dealing with his problem was to go out and get **drunk**. 他應付難題的唯一辦法就是出去喝酒，一醉了事。

要留意 drunk 這個形容詞是不可以放在名詞前面的：可以說 He was **drunk**.，但不能說 He was a **drunk** man.；如果要用表示喝醉酒的形容詞放在名詞前，就要用 drunken，醉醺醺的，或者經常喝醉的。

3. A **drunken** driver is very dangerous. 喝醉了的司機十分危險。

4. She was often beaten by her **drunken** husband. 她經常被酗酒的丈夫毆打。

另一個表示喝醉的字 inebriated，是比較正式、文雅的說法，有時帶有幽默的味道。

5. He was obviously **inebriated** by the time the dessert was served. 到吃甜品時，他顯然已經喝醉了。

6. **Inebriated** guests should stay out of the water. 醉酒的貴客不要下水。（池畔宴會對客人的忠告）

另一個比較正式的說法是 intoxicated。這個字可以用來表示受了任何藥物影響，因而神智不清，但也常用來指喝醉了酒。

7. He was arrested for driving while **intoxicated**. 他醉酒駕駛被捕。

形容酩酊大醉、爛醉如泥，可以說 legless。這字的字面解法是 "沒腳的"；沒有腳便不能走路，所以醉倒了不會走路，就叫 legless。

8. He was absolutely **legless** and had to be helped home. 他酩酊大

醉，要人協助回家。

例 8 裏的 legless 可以換作 paralytic。形容詞 paralytic（動詞 paralyse、名詞 paralysis），本來是癱瘓的意思：a paralytic illness 是使人癱瘓的病症。醉得不會動，爛醉如泥，也可叫 paralytic。

9. He got **paralytic** and fell asleep in the bar. 他喝得爛醉如泥，在酒吧睡着了。

還有一個字 smashed，是俚語，也是酩酊大醉的意思。

10. A group of teenage girls staggered out of a club, absolutely **smashed**. 一羣年輕女子在酒吧喝到酩酊大醉，蹣跚地走出來。

如果不是大醉，只是微醉、略有醉意，可以用 tiddly 或 tipsy，兩個字都是 slightly drunk 的意思。

11. We had wine with lunch and I felt a little **tipsy**（或 **tiddly**）. 我們午飯時喝了酒，我有點醉了。

喝得太多了，醉了，還有一個說法：over the limit，字面解法是超過了極限，可以用來表示喝了過量的酒。

12. I have to leave my car here and take a taxi because I am **over the limit**. 因為我喝多了，唯有把車留下，改搭的士。

除了以上列舉的之外，醉酒 drunk 的同義詞起碼有二、三十個，其中很多是俚語，例如 blasted、blitzed、boozy、fried、juiced、ripped、wiped out 和 in the bag 等等。

80 銅牆鐵壁

特朗普競選總統時說："我要在我們的南部邊界興建一道很長的圍牆。造牆這事，沒有人比我更在行，而且我要讓墨西哥出這筆錢。" 許多人都沒想到，特朗普竟然來真的，當選總統後果然下令築牆，還為了築牆的費用，跟國會吵了很久，弄到美國政府要局部停擺了一段時間。

特朗普要築的牆，到底是甚麼樣子，用甚麼物料來築起的呢？美國有評論指出，他的說法改變了多次。特朗普最初說的牆是 wall。這個字最簡單：大家都知道 wall 是甚麼。而且，wall 這個單音節詞，讀起來又短又響亮，很適合用在宣傳口號。在競選集會上，特朗普和他的支持者就大叫：Build the wall! Build the wall!

Wall 一般是用石頭、磚塊或者水泥建成的；中國的萬里長城、德國以前的柏林圍牆，都是 wall。起初有人問特朗普，他的牆用甚麼建造？他回答說：當然是鋼根水泥。稍後，可能他自己也覺得水泥造的牆不很美觀，於是他換了個說法：要築的是鋼造的 fence：a steel border fence。一般的牆不會叫做 fence；fence 通常不是密封的，例如圍欄、籬笆之類。

特朗普又說，他要建的是 a barrier made of beautiful steel slats。其中的 barrier，可指任何屏障、障礙。貿易壁壘叫 trade barrier，天然屏障叫 natural barrier，無障礙通道叫 barrier-free access。

1. The purpose of the talks is to remove trade **barriers**. 談判的目的是要拆除貿易壁壘。

2. The mountains form a natural **barrier** to the north of the city. 北面的山脈給城市形成一道天然屏障。

說 build a barrier at the border，在邊界建屏障，那可以是任何方式的，包括 wall 或 fence。

Slat 是狹長的板條；a barrier made of beautiful steel slats 就是用漂亮的鋼板造成的屏障。這當然是和最初說的 wall 相差甚遠。

再多說兩個字：blockade 和 barricade。Blockade 是障礙物、屏障，也可說是牆。

3. Protesters formed a human **blockade** to stop loggers felling trees. 抗議者築成人牆，阻止伐木工人砍樹。

警察在公路上設置的路障，用來阻止車子通行，就叫做 blockade（也可叫 roadblock）。

4. The police set up **blockades**（或 **roadblocks**）on highways leading out of the city. 警察在城市出口的公路上設下路障。

在國際政治上，blockade 可解作"封鎖"、"圍堵"。

5. They imposed an economic **blockade** on the country in the hope of starving it into submission. 他們對這國家實施經濟封鎖，希望使它捱餓至屈服。

另一個近義字是 barricade；例 3 的 human blockade，人牆，也可說 human barricade。不過 barricade 許多時用來指更實在的路障、街壘，在一些大型示威場面，或者城市裏的軍事行動中見到。

6. Police put up **barricades** to keep the crowds from advancing. 警方設置路障，阻止人羣前進。

不論 walls、fences、blockades 抑或 barricades，都是 barriers，障礙。今時今日，世界應該討論如何建立"人類命運共同體"；應該少築圍牆，多建道路；任何 barriers 都應拆除。

81 脫歐百態

英國人為表示英國"脫歐"專門造了一個字，Brexit。這是由 British 和 exit 兩字組成的一個"二合一字"（portmanteau word），包含了"英國"和"退出"的意思（但沒有"歐"的元素）。英國 2016 年 6 月進行"脫歐"公投；過去兩年多，Brexit 這字幾乎天天在英國新聞裏出現。此事何時了結，如何了結，沒有人說得出，包括英國和歐盟的領頭人物。

Exit 這字有兩個讀法：x 可以讀成 ks，/'eksɪt/；也可以讀成 gz，/'egzɪt/。這個字最常見於公共場所如戲院或會議廳的出口頂上：EXIT 就是出口的意思。

1. When you take your seat, make sure you know where the nearest emergency **exit** is. 入座時要知道最接近的緊急出口在哪裏。

道路出口也叫 exit：

2. At the roundabout, take the second **exit**. 在迴旋處，走第二個出口。

但 exit 也可指離開的行為或動作，例如英國離開歐盟，就是 the exit of Britain from the EU 或者 Britain's exit from the EU。

3. He made a quick **exit** to avoid meeting anybody. 他迅速離開，以避免遇到任何人。

Exit 也可作動詞，表示離開，可用來指演員退場。

4. We **exited** from the house through the back door. 我們走後門離開屋子。

5. The lights went on as the actors **exited** the stage. 演員們退場時，燈光亮起來。

還有幾個表示離開的同義詞。最常用的是動詞 leave。

6. The United Kingdom is **leaving** the European Union. 聯合王國要離開歐盟了。

如果你看英國脫歐的新聞報導，有時會見到 leavers 這個名稱，表示支持脫歐的英國人，脫歐派。反對脫歐的留歐派，就叫做

remainers；這是一個特殊的字，在英國脫歐新聞出現之前是沒有的：remain 即留下、餘下；正常的名詞是 remainder，指餘下來的東西，但 remainers 是指留歐派。

7. Leavers and **remainers** are equally unhappy about the Brexit arrangement. 這脫歐的安排，令脫歐派和留歐派都不高興。

另一個字是 quit；這個短字大家可能都很熟悉了。例如說 **I'm quitting**，我不幹了、要辭職了。 英國要離開歐盟，也可說 Britain **is going to quit** the EU.

8. We are going to **quit** this city. 我們要離開這個城市。

還有 withdraw from 和 pull out from，也是解作"退出"。英國要退出歐盟，也可說 Britain **is withdrawing from**（或 **pulling out from**）the European Union.

9. America **has pulled out from** a number of international organisations. （特朗普上台後）美國退出了多個國際組織。

如果單是 withdraw，沒有 from，解作"收回"。

10. The government **is going to withdraw** the bill. 政府要收回（已提交的）法案。

11. They **are withdrawing** their plan. 他們要收回計劃。

Withdraw 的名詞是 withdrawal，可指退出或收回；例如 the exit of Britain from the EU 也可說 the withdrawal of Britain from the EU，又如：

12. The government's **withdrawal** of the motion surprised everybody. 政府撤回議案，令所有人感到驚訝。

未來一段日子，英國脫歐連續劇還會繼續上演；exit、 leave、quit、 withdraw、 pull out 將繼續是傳媒的常用字。

82 罪犯天堂

特區政府說，修訂《逃犯條例》，是為了避免香港成為內地或台灣罪犯的避難所、窩藏地。

避難的地方，英文可叫 haven 或 safe haven。Haven 本來是指海港，船隻可以安全停泊的地方；香港西貢白沙灣便有個名稱叫 Hebe Haven。但在現代流行英語，haven 只用來解作安全的地方：a haven for criminals 即是罪犯的窩藏地，罪犯到了那裏可以逍遙法外；a tax haven 是避稅港，即因為那裏低稅率，人們會選擇在那裏居住或註冊公司。

1. Hong Kong should not become a **haven** for fugitives. 香港不應成為逃犯避難的地方。

2. The Turkish government said Greece had turned into a safe **haven** for Turkish criminals. 土耳其政府說，希臘已成為窩藏土耳其罪犯的地方。

和 haven 意思相同，許多時可以交換使用的一個字是 refuge，也是避難所或蔭庇地的意思。上面 例 1 和 例 2 裏的 haven 都可換作 refuge。同樣，下面這一句裏的 refuge 也可作 haven：

3. Spain has long been characterised as a **refuge** for criminals fleeing the law enforcement agencies of their own countries. 西班牙長期被認為是可讓罪犯逃避他們自己國家的執法機關的地。

用來逃避任何麻煩或不快的地方或做法，都可叫 refuge。

4. The library is her **refuge**; she goes there whenever she wants to be alone. 圖書館是她用來躲避的地方，每當她要自己一個人時便會到那裏。

5. As the situation at home got worse she increasingly took **refuge** in her work. 家裏的情況愈來愈壞，她便愈來愈多從工作中尋求慰藉。

6. They were forced to seek **refuge** from the fighting. 他們被迫尋求庇護，躲避戰爭。

難民叫 refugee，就是從 refuge 這個字來的：獲提供 refuge 的人便叫 refugee。

另外有一個字 sanctuary，最常用的解法是指保護區，例如野生動物保護區，a wild-life sanctuary，在那裏野生動物可以自由生活，不被捕殺或騷擾；a bird sanctuary 是鳥類保護區。Sanctuary 也可借用來指保護人的地方，這時它和 refuge 同義。

7.　The refugees found **sanctuary** after they crossed the border. 難民過境後便找到可以安身的地方。

8.　The escaped convict used the church as his **sanctuary**. 逃犯用教堂做他的避難所。

用來遮擋風雨或躲避其他危險的地方叫 shelter；a bus shelter 公共汽車候車亭，a typhoon shelter 避風塘，an air-raid shelter 防空洞。

9.　They gathered branches and built a **shelter** for the night. 他們收集樹枝，搭起窩棚過夜。

10.　People were desperately seeking **shelter** from the gunfire. 人們拼命地找地方躲避炮火。

還有兩個近義字，是 hideaway 和 hideout。Hide 即是匿藏、隱藏；如果一個地方是某人的 hideaway 或 hideout，就是他匿藏的地方。罪犯躲藏的地方，也可叫 a hideaway / hideout for criminals。

11.　The bandits fled to a remote mountain **hideaway** (或 **hideout**). 賊匪逃到深山裏的匿藏地。

用來避靜的地方也可叫 hideaway 或 hideout，例如某人在郊外有間很清靜的別墅，可以說 He has a **hideaway** in the countryside.

83 忠實朋友

特朗普當上美國總統後，過不了一會就要辭退一個本來與他關係很密切的夥伴；他身邊的人都紛紛跟他反臉。儘管如此，他當得上總統，還很可能競逐連任，身邊自然有很多忠實的支持者，loyal supporters。表示忠誠、忠實，最常用的字是 loyal：a loyal supporter 是忠實的支持者，a loyal friend 是忠誠的朋友，即無論發生甚麼事你都可以依靠他，他不會出賣你。

與 loyal 很接近的一個字是 faithful；我們也可以說 a faithful friend、a faithful supporter；一個忠實的讀者也可以叫 a faithful reader。

1. I have been a **faithful** reader of your newspaper for many years. 我是貴報多年的忠實讀者。

2. She was rewarded for her 40 years' **faithful** service with the company. 她為公司忠誠服務了 40 年，獲得獎賞。

忠於原則、忠於理想，也可說 loyal 或 faithful：

3. She has always remained **loyal** to her political principles. 她總是信守自己的政治原則。

4. He remained **faithful** to the ideals of the party. 他對黨的理想堅貞不移。

另一個和 loyal、faithful 很接近的字是 true；這個形容詞有很多解法，最常見的是解作"真假的真"。如果說 a true supporter 或者 a true friend，也表示忠誠的意思。

形容堅定的支持者，另一個說法是 a staunch supporter；staunch 是堅定、忠實的意思。

5. They are **staunch** supporters of our party. 他們是我們政黨的堅定支持者。

6. He considers himself a **staunch** Republican, although he has not voted for a Republican candidate for many years. 他認為自己是堅定的共和黨人，儘管他多年來沒有投票給共和黨候選人。

還有一個字 steadfast，通常用來形容表現、行為，例如 steadfast loyalty，忠貞不渝。

7. He was **steadfast** in his belief that he had done the right thing. 他堅定地相信，他所做的是對的。

8. He remained **steadfast** in his determination to bring the killers to justice. 他要將殺人兇手繩之於法的決心一直沒有動搖。

有幾個字是用否定的方式來表達堅定的。例如"轉軚"是不堅定的表現；轉軚的英文動詞是 swerve，unswerving 就是永遠不會轉軚的、堅定不移的，可以說 unswerving support 或 unswerving loyalty。

9. Her love for her family is **unswerving**. 她對家庭的愛護堅定不移。

10. His works have been acclaimed for their **unswerving** sincerity. 他的作品以一貫的坦誠而受稱讚。

第二個動詞 waver，指搖擺不定、動搖；unwavering 就是毫不動搖的，無論發生甚麼事都非常堅定，所以也可以說 unwavering support 或 unwavering loyalty。

11. His policy was consistent, **unwavering**, conservative. 他的政策是一貫的、堅定的、保守的。

12. His voice was as **unwavering** and self-assured as ever. 他的語氣如常地堅定自信。

再有一個動詞是 falter，即是減弱、退縮；unfaltering 就是毫不退縮的。

13. She fixed him with a level and **unfaltering** gaze. 她用冷靜而堅定的目光瞪着他。

14. His loyalty to his father remains **unfaltering**. 他對父親的忠誠毫不動搖。

人生得一知己，死而無憾。如果你的朋友對你的支持稱得上 staunch、steadfast、unwavering、unfaltering 和 unswerving，他就是你的 loyal friend、faithful friend 和 true friend。

84 背信棄義

　　之前談了忠誠、可靠，loyal、faithful；現在談談相反詞。Loyal 和 faithful 的相反詞，最簡單是加一個前綴或後綴：loyal 的相反 disloyal，即是對國家、對家庭或者對一個機構不忠實、不忠誠，對朋友不守信義。

1. Beware of **disloyal** friends who will stab you in the back. 提防那些靠不住的朋友，在你背後捅刀子。

2. He was accused of being **disloyal** to his country when he dissented with the views of the President. 他不贊同總統的意見，便被指對國家不忠。

　　Faithful 有兩個相反詞，一個是 faithless，跟 disloyal 的意思相近，即是不忠誠的、不可信任的、不守信用的。

3. Our **faithless** friends left us at the first sign of trouble. 那些沒信義的朋友，一見出事便離開我們了。

4. They were deserted by their **faithless** allies. 不守信義的盟友背棄了他們。

　　Faithful 的另一個相反詞是 unfaithful，也是不忠誠的意思；這個字特別用來指丈夫對妻子、或者妻子對丈夫不忠，有婚外情。

5. She denied having been **unfaithful** to her husband. 她否認曾對丈夫不忠。

　　要表示一個人不可信任，隨時會背叛或出賣信任他的人，可以說 treacherous。蛇被認為是最 treacherous 的動物；如果說一個人十分奸詐，可說 as treacherous as a snake。

6. He knew that many members in his team were **treacherous** and insubordinate. 他知道團隊裏有很多不忠心、不聽話的成員。

　　Treacherous 也常會用來表示一個處境、一件事情有潛在的危險，如果不小心提防，隨時會發生意外。

7. The ice on the roads made driving conditions **treacherous**. 冰封了路面，令駕駛十分危險。

　　有一個字和 treacherous 及 faithless 很接近，是 perfidious，也可

以用來形容會出賣你的、絕對靠不住的人。

8. The company was betrayed by its **perfidious** allies. 公司被不忠實的盟友出賣了。

9. The rebellion was put down by a series of treacheries and **perfidious** negotiations. 革命被一系列的叛變行為和不忠實的談判挫敗了。

如果一個人經常騙人、不誠實、不可信，可以用 deceitful 形容他。

10. The **deceitful** salesman sold the broken vacuum cleaner to the elderly woman. 不誠實的店員把壞了的吸塵機賣給老婦。

11. Politicians make **deceitful** promises during elections. 政客在選舉時作出騙人的承諾。

叛徒、賣國賊叫 traitor；由此而來的形容詞 traitorous，就是背叛的、不忠誠的。

12. The **traitorous** soldier was giving secrets to the enemy. 叛國的士兵向敵人洩密。

13. There was something about his eyes that made us feel wary of him, the eyes of someone deceitful and **traitorous**. 他的眼睛令我們覺得要提防他，那是一個奸詐的叛徒的眼睛。

一個可靠的朋友是 a true friend；不可靠的朋友就是 a false friend。

14. We were betrayed by a **false** friend. 我們被一個不忠實的朋友出賣了。

害人之心不可有，防人之心不可無。最難提防的是 false friends；最危險的是誤信 disloyal、faithless、treacherous、deceitful 甚至 traitorous 的人。